Table of Contents

EDITH WHARTON

ETHAN FROME (SOUS LA NEIGE)

1911

odéonlivre
2018
CHICAGO

Table des matières

I

1 I had the story, bit by bit, from various people, and, as generally happens in such cases, each time it was a different story.

2 If you know Starkfield, Massachusetts, you know the post-office. If you know the post-office you must have seen Ethan Frome drive up to it, drop the reins on his hollow-backed bay and drag himself across the brick pavement to the white colonnade; and you must have asked who he was.

3 It was there that, several years ago, I saw him for the first time; and the sight pulled me up sharp. Even then he was the most striking figure in Starkfield, though he was but the ruin of a man. It was not so much his great height that marked him, for the "natives" were easily singled out by their lank longitude from the stockier foreign breed: it was the careless powerful look he had, in spite of a lameness checking each step like the jerk of a chain. There was something bleak and unapproachable in his face, and he was so stiffened and grizzled that I took him for an old man and was surprised to hear that he was not more than fifty-two. I had this from Harmon Gow, who had driven the stage from Bettsbridge to Starkfield in pre-trolley days and knew the chronicle of all the families on his line.

4 "He's looked that way ever since he had his smash-up; and that's twenty-four years ago come next February," Harmon threw out between reminiscent pauses.

I

1 Cette histoire, c'est brin à brin, et par maintes gens, qu'elle m'a été contée. Et, comme il arrive d'habitude en pareil cas, j'ai entendu chaque fois une version nouvelle.

2 Si vous connaissez Starkfield, Massachusetts, vous connaissez le bureau de poste. Si vous connaissez le bureau de poste, vous devez avoir vu Ethan Frome y conduire, laisser tomber les rênes de sa baie à dos creux et marcher sur le pavé de briques jusqu'à la colonnade blanche. Vous devez avoir demandé qui il était.

3 C'est là, au bureau, que je le vis moi-même pour la première fois, voici quelques années. Bien que cet homme ne fût plus qu'une ruine, sa physionomie se détachait parmi les autres. Ce n'était pas sa haute taille qui le désignait à l'attention, puisque les Américains de vieille race ont très fréquemment cette stature élancée et mince, mais plutôt sa prestance et sa démarche. Son regard était à la fois triste et volontaire; il conservait, en dépit d'une claudication manifeste, quelque chose de vigoureux. Son visage sévère, hâlé, fatigué par le rude travail des champs, était d'une indicible mélancolie. Ses cheveux grisonnants, ses yeux glacés, lui donnaient l'aspect de la vieillesse, et je m'étonnai lorsqu'on m'apprit qu'il n'avait guère passé la cinquantaine. Ce fut Harmon Gow qui me renseigna sur son âge. — Harmon Gow avait autrefois conduit la diligence allant de Starkfield au gros bourg de Bettsbridge, à l'époque où n'existaient pas les tramways électriques, et il connaissait sur le bout du doigt la chronique intime de toutes les familles qui habitaient ou avaient habité le long de son ancien parcours.

4 — Il a cette tête-là depuis son accident, — me dit-il, hachant ses phrases au gré de ses souvenirs. — Et il y aura en février prochain vingt-quatre ans que la chose est arrivée...

5 The "smash-up" it was—I gathered from the same informant—which, besides drawing the red gash across Ethan Frome's forehead, had so shortened and warped his right side that it cost him a visible effort to take the few steps from his buggy to the post-office window. He used to drive in from his farm every day at about noon, and as that was my own hour for fetching my mail I often passed him in the porch or stood beside him while we waited on the motions of the distributing hand behind the grating. I noticed that, though he came so punctually, he seldom received anything but a copy of the Bettsbridge Eagle, which he put without a glance into his sagging pocket. At intervals, however, the post-master would hand him an envelope addressed to Mrs. Zenobia—or Mrs. Zeena—Frome, and usually bearing conspicuously in the upper left-hand corner the address of some manufacturer of patent medicine and the name of his specific. These documents my neighbour would also pocket without a glance, as if too much used to them to wonder at their number and variety, and would then turn away with a silent nod to the post-master.

6 Every one in Starkfield knew him and gave him a greeting tempered to his own grave mien; but his taciturnity was respected and it was only on rare occasions that one of the older men of the place detained him for a word. When this happened he would listen quietly, his blue eyes on the speaker's face, and answer in so low a tone that his words never reached me; then he would climb stiffly into his buggy, gather up the reins in his left hand and drive slowly away in the direction of his farm.

7 "It was a pretty bad smash-up?" I questioned Harmon, looking after Frome's retreating figure, and thinking how gallantly his lean brown head, with its shock of light hair, must have sat on his strong shoulders before they were bent out of shape.

5 Ce fut lui aussi qui me narra l'origine de la terrible cicatrice rouge barrant le front d'Ethan Frome. Elle datait de l'accident qui, du même coup, lui avait tordu et noué tout le côté droit, le faisant ressembler à un vieux chêne foudroyé. Depuis lors, le pauvre homme ne pouvait effectuer sans douleur ces quelques pas entre son *buggy* et le bureau de poste. Tous les jours, vers midi, il venait de sa ferme, située à quelques milles de Starkfield, et, comme c'était justement l'heure où j'allais chercher mes lettres, il m'arrivait de le dépasser sous le péristyle ou d'attendre à sa suite, devant le guichet. Je ne tardai pas à observer que, rarement, malgré son exactitude touchante, on lui remettait autre chose qu'un numéro du *Bellsbridge Eagle*. Sans même y jeter un coup d'œil, il le fourrait dans la poche de son veston usé. De temps à autre, pourtant, le receveur lui tendait une enveloppe, adressée à Mrs. Zenobia (ou Zeena) Frome, et qui montrait en gros caractères l'adresse d'un fabricant de produits pharmaceutiques et le nom d'une spécialité. Ces papiers rejoignaient aussitôt le journal, comme si le porteur était blasé à force d'en recevoir. Après quoi, il remerciait l'employé d'un petit signe de tête silencieux, et se retirait.

6 Chacun dans Starkfield le connaissait. On le saluait au passage, mais on respectait son désir d'isolement, et seuls quelques vieillards se risquaient à l'aborder. Dans ces occasions, Frome s'arrêtait un instant, ses yeux bleus fixés gravement sur l'interlocuteur, mais il répondait d'une voix si basse que jamais aucune de ses paroles n'était parvenue jusqu'à moi. Puis il remontait péniblement dans son *buggy* délabré, rassemblait les guides dans sa main gauche, et repartait sans hâte vers la ferme.

7 — Ce dut être un effroyable accident, — dis-je au vieil Harmon, un jour, en suivant du regard la démarche pénible de Frome. Je songeais à la belle mine qu'avait dû avoir, jadis, cette tête blonde et énergique de jeune homme.

8 “Wust kind,” my informant assented. “More’n enough to kill most men. But the Fromes are tough. Ethan’ll likely touch a hundred.”

9 “Good God!” I exclaimed. At the moment Ethan Frome, after climbing to his seat, had leaned over to assure himself of the security of a wooden box—also with a druggist’s label on it—which he had placed in the back of the buggy, and I saw his face as it probably looked when he thought himself alone. “That man touch a hundred? He looks as if he was dead and in hell now!”

10 Harmon drew a slab of tobacco from his pocket, cut off a wedge and pressed it into the leather pouch of his cheek. “Guess he’s been in Starkfield too many winters. Most of the smart ones get away.”

11 “Why didn’t he?”

12 “Somebody had to stay and care for the folks. There warn’t ever anybody but Ethan. Fust his father—then his mother—then his wife.”

13 “And then the smash-up?”

14 Harmon chuckled sardonically. “That’s so. He had to stay then.”

15 “I see. And since then they’ve had to care for him?”

16 Harmon thoughtfully passed his tobacco to the other cheek. “Oh, as to that: I guess it’s always Ethan done the caring.”

8 — De la pire espèce ! — opina mon informateur ; — presque suffisant pour tuer la plupart des hommes. Mais voilà, les Frome ont le crâne dur, et il y a bien des chances pour que celui-ci atteigne ses cent ans…

9 — Grand Dieu !

Je ne pus retenir ce cri. A ce moment, en effet, Ethan Frome venait de monter sur son siège ; il se retournait pour voir si une caisse de drogues était bien calée à l'arrière du *buggy*, et j'aperçus sa figure telle qu'elle devait être quand il se croyait seul.

— Cet homme atteindre cent ans ! — continuai-je, — mais il a l'air déjà mort et enterré !

10 Harmon tira de sa poche un bout de tabac, en prit une chique et l'enfourna dans sa vieille joue tannée.

— Qu'est-ce que vous voulez ? il a passé trop d'hivers à Starkfield… Les malins s'en vont, eux…

11 — Pourquoi lui, alors, est-il resté ?

12 Ah ! voilà ! … il fallait bien qu'il y eût quelqu'un à la ferme pour soigner son monde… Et il n'y a jamais eu qu'Ethan pour ce métier… D'abord son père, puis sa mère, puis sa femme…

13 — Et puis l'accident ? …

14 — C'est ça même. Alors, n'est-ce pas ? il a bien été forcé de rester ! — ricana Harmon.

15 — Je comprends. Mais, maintenant, c'est eux qui le soignent ?

16 Gravement, Harmon passa sa chique dans son autre joue ; puis il reprit :

— Oh ! quant à ça, non. C'est toujours Ethan, le garde-malade…

17 Though Harmon Gow developed the tale as far as his mental and moral reach permitted there were perceptible gaps between his facts, and I had the sense that the deeper meaning of the story was in the gaps. But one phrase stuck in my memory and served as the nucleus about which I grouped my subsequent inferences: "Guess he's been in Starkfield too many winters."

18 Before my own time there was up I had learned to know what that meant. Yet I had come in the degenerate day of trolley, bicycle and rural delivery, when communication was easy between the scattered mountain villages, and the bigger towns in the valleys, such as Bettsbridge and Shadd's Falls, had libraries, theatres and Y. M. C. A. halls to which the youth of the hills could descend for recreation. But when winter shut down on Starkfield and the village lay under a sheet of snow perpetually renewed from the pale skies, I began to see what life there—or rather its negation—must have been in Ethan Frome's young manhood.

19 I had been sent up by my employers on a job connected with the big power-house at Corbury Junction, and a long-drawn carpenters' strike had so delayed the work that I found myself anchored at Starkfield—the nearest habitable spot—for the best part of the winter. I chafed at first, and then, under the hypnotising effect of routine, gradually began to find a grim satisfaction in the life. During the early part of my stay I had been struck by the contrast between the vitality of the climate and the deadness of the community. Day by day, after the December snows were over, a blazing blue sky poured down torrents of light and air on the white landscape, which gave them back in an intenser glitter. One would have supposed that such an atmosphere must quicken the emotions as well as the blood; but it seemed to produce no change except that of retarding still more the sluggish pulse of Starkfield. When I had been there a little longer,

17 Dès le premier jour, le vieux conducteur m'avait débité tout ce qu'il savait de l'histoire, mais je pressentais que, pour en démêler les fils secrets, il fallait une plus vive imagination que la sienne. Toutefois une parole d'Harmon s'était gravée dans ma mémoire: « Il a passé trop d'hivers à Starkfield... »

18 Ah ! je devais bientôt comprendre le sens profond de ces quelques mots ! Le Starkfield que je connus ne ressemblait guère cependant au village isolé, perdu dans la montagne, où s'était écoulée la triste jeunesse d'Ethan Frome. Il était relié maintenant aux gros bourgs de la région. Le tramway électrique, la bicyclette permettaient aux jeunes gens de descendre, l'hiver, jusqu'à Bettsbridge ou à Shadd's Falls, et d'y passer la soirée au théâtre, dans les bibliothèques, ou aux réunions des « Jeunes Chrétiens ». Mais quand arrive la saison froide, quand le village fut immobilisé sous une couche de neige qui s'accroissait sans répit, quand les vents du nord, tombant d'un ciel d'acier, se prirent à rôder autour des petites maisons de bois qui grelottaient derrière les ormes dépouillés de la Grande Rue, je commençai à deviner ce qu'avait dû être Starkfield alors qu'Ethan Frome avait vingt ans...

19 J'avais été envoyé par mes patrons pour surveiller un important travail que nous avait commandée l'usine de force motrice à Corbury Junction. Une grève prolongée des charpentiers ayant retardé la besogne, je me trouvai retenu, cet hiver, à Starkfield, le seul endroit habitable des environs. Dans les premiers temps de mon séjour, je fus très frappé du contraste entre l'air vivifiant du pays et l'apathie des habitants. Lorsque je me promenais sous ce ciel d'un bleu éclatant, je me sentais le sang fouetté. J'étais ébloui par la blancheur ensoleillée des prairies couvertes de neige, où les forêts de sapins épandaient leurs grandes taches brunes. Ce froid sec, la pureté de cette atmosphère toujours lumineuse, m'exaltaient, et je ne pouvais comprendre la nonchalance presque léthargique des gens de Starkfield. Mais, quand parut

and had seen this phase of crystal clearness followed by long stretches of sunless cold; when the storms of February had pitched their white tents about the devoted village and the wild cavalry of March winds had charged down to their support; I began to understand why Starkfield emerged from its six months' siege like a starved garrison capitulating without quarter. Twenty years earlier the means of resistance must have been far fewer, and the enemy in command of almost all the lines of access between the beleaguered villages; and, considering these things, I felt the sinister force of Harmon's phrase: "Most of the smart ones get away." But if that were the case, how could any combination of obstacles have hindered the flight of a man like Ethan Frome?

20 During my stay at Starkfield I lodged with a middle-aged widow colloquially known as Mrs. Ned Hale. Mrs. Hale's father had been the village lawyer of the previous generation, and "lawyer Varnum's house," where my landlady still lived with her mother, was the most considerable mansion in the village. It stood at one end of the main street, its classic portico and small-paned windows looking down a flagged path between Norway spruces to the slim white steeple of the Congregational church. It was clear that the Varnum fortunes were at the ebb, but the two women did what they could to preserve a decent dignity; and Mrs. Hale, in particular, had a certain wan refinement not out of keeping with her pale old-fashioned house.

février, tout changea. Le ciel se voila. Les journées sombres et courtes ressemblèrent aux nuits longues et glaciales. La neige s'amoncela autour des frêles maisons, qui parurent recroquevillées sur elles-mêmes. Les habitants du village, la besogne quotidienne achevée, se hâtaient de rentrer chez eux. Pendant les interminables soirées, ils sommeillaient autour du poêle. Toute vie, au dehors, semblait suspendue. Chacun mesurait ses gestes au strict nécessaire pour se nourrir, se chauffer et accomplir les rares besognes que n'avaient point arrêtées les rigueurs de la saison.

20 Je logeais chez une veuve entre deux âges qu'on appelait familièrement Mrs. Ned Hale. Elle était fille de l'ancien notaire du bourg, et « la maison du notaire Varnum », qu'elle occupait avec sa mère, était l'habitation la plus considérable de Starkfield. C'était une vieille demeure à fronton classique, supporté par des colonnes blanches. De menus carreaux bleutés piquaient ses fenêtres à guillotine, qui regardaient la haute et claire façade de l'église. Elle s'élevait au bout de la rue principale du village. Deux sapins de Norvège introduisaient à son petit jardin, que traversait un sentier dallé d'ardoises. Les deux veuves, bien que réduites à vivre assez modestement, mettaient leur point d'honneur à maintenir la propriété familiale en état. Mrs. Hale était une femme aimable et effacée. Elle avait conservé dans les manières quelque chose de la tradition que figurait cette construction d'un autre âge.

21 In the "best parlour," with its black horse-hair and mahogany weakly illuminated by a gurgling Carcel lamp, I listened every evening to another and more delicately shaded version of the Starkfield chronicle. It was not that Mrs. Ned Hale felt, or affected, any social superiority to the people about her; it was only that the accident of a finer sensibility and a little more education had put just enough distance between herself and her neighbours to enable her to judge them with detachment. She was not unwilling to exercise this faculty, and I had great hopes of getting from her the missing facts of Ethan Frome's story, or rather such a key to his character as should co-ordinate the facts I knew. Her mind was a store-house of innocuous anecdote and any question about her acquaintances brought forth a volume of detail; but on the subject of Ethan Frome I found her unexpectedly reticent. There was no hint of disapproval in her reserve; I merely felt in her an insurmountable reluctance to speak of him or his affairs, a low "Yes, I knew them both… it was awful…" seeming to be the utmost concession that her distress could make to my curiosity.

22 So marked was the change in her manner, such depths of sad initiation did it imply, that, with some doubts as to my delicacy, I put the case anew to my village oracle, Harmon Gow; but got for my pains only an uncomprehending grunt.

23 "Ruth Varnum was always as nervous as a rat; and, come to think of it, she was the first one to see 'em after they was picked up. It happened right below lawyer Varnum's, down at the bend of the Corbury road, just round about the time that Ruth got engaged to Ned Hale. The young folks was all friends, and I guess she just can't bear to talk about it. She's had troubles enough of her own."

21 Chaque soir, dans le salon meublé d'acajou, aux sièges recouverts de crin, sous la lampe Carcel qui faisait entendre ses glouglous monotones, j'apprenais un nouvel épisode de la chronique du village, et il m'était plus délicatement raconté. Non pas que Mrs. Hale se crût ou affectât quelque supériorité sociale sur les gens qui l'entouraient : sa libre façon de juger les événements n'avait pas une telle origine. Une sensibilité plus développée, une éducation un peu mieux soignée, créaient seules cette distance entre elle et ses voisins. Ces conditions me faisaient espérer qu'auprès de Mrs. Hale je parviendrais à éclaircir les points obscurs de la vie d'Ethan Frome. La mémoire de l'excellente femme était un admirable répertoire d'anecdotes sans méchanceté ; toute question ayant trait à ses relations attirait aussitôt un flot de détails. J'amenai donc la conversation de ce côté ; mais je sentis aussitôt que Mrs. Hale se dérobait. Cette attitude n'impliquait d'ailleurs aucun blâme à l'égard de Frome. On devinait seulement qu'elle éprouvait une invincible répugnance à parler de lui et de ses affaires. Quelques bribes de phrase murmurées : « Oui, je les connais tous les deux… Ce fut horrible… » paraissaient la seule concession qu'elle pût faire à ma curiosité.

22 Le changement de son attitude était si marqué, il supposait une telle initiation à de tristes secrets que, malgré certains scrupules, je m'adressai une fois encore à Harmon Gow. Tout ce que je pus obtenir de lui fut un vague grognement.

23 — Oh ! — fit-il, — Ruth Varnum… elle a toujours été impressionnable comme une souris… C'est elle qui les a vus la première lorsqu'on les a ramassés… Tenez, c'était justement au bas de la maison des Varnum, au tournant de la route de Corbury… Ruth venait alors de s'accorder avec Ned Hale… Tout ce jeune monde était ami… La pauvre femme, elle a eu assez de ses propres malheurs !

24 All the dwellers in Starkfield, as in more notable communities, had had troubles enough of their own to make them comparatively indifferent to those of their neighbours; and though all conceded that Ethan Frome's had been beyond the common measure, no one gave me an explanation of the look in his face which, as I persisted in thinking, neither poverty nor physical suffering could have put there. Nevertheless, I might have contented myself with the story pieced together from these hints had it not been for the provocation of Mrs. Hale's silence, and—a little later—for the accident of personal contact with the man.

25 On my arrival at Starkfield, Denis Eady, the rich Irish grocer, who was the proprietor of Starkfield's nearest approach to a livery stable, had entered into an agreement to send me over daily to Corbury Flats, where I had to pick up my train for the Junction. But about the middle of the winter Eady's horses fell ill of a local epidemic. The illness spread to the other Starkfield stables and for a day or two I was put to it to find a means of transport. Then Harmon Gow suggested that Ethan Frome's bay was still on his legs and that his owner might be glad to drive me over.

26 I stared at the suggestion. "Ethan Frome? But I've never even spoken to him. Why on earth should he put himself out for me?"

27 Harmon's answer surprised me still more. "I don't know as he would; but I know he wouldn't be sorry to earn a dollar."

24 Les habitants de Starkfield, en cela fort semblables au reste des hommes, avaient en effet assez de leurs propres malheurs sans se passionner outre mesure pour ceux de leurs voisins. Et, bien que tous tinssent le cas de Frome pour exceptionnel, aucun ne réussit à m'expliquer son regard étrange. J'avais beau me dire qu'il était impossible que la misère et la souffrance eussent suffi à le marquer ainsi... J'eusse peut-être fini par me contenter de ces bribes d'histoire, sans l'espèce de provocation qu'était le silence même de Mrs. Hale et le hasard qui bientôt me rapprocha d'Ethan Frome lui-même.

25 Ma résidence à Starkfield m'obligeait à redescendre chaque jour sur Corbury Flats, où je prenais le train pour Corbury Junction. Lors de mon installation, je m'étais entendu avec le riche épicier irlandais, Denis Eady, qui louait aussi des voitures, pour me faire conduire chaque jour à la gare. Vers le milieu de l'hiver, les chevaux de mon loueur tombèrent tous malades, à la suite d'une épidémie locale. La maladie se propageait à toutes les écuries du village, et, pour quelques jours, je fus obligé de chercher un expédient. A ce moment, Harmon Gow m'apprit que le cheval d'Ethan Frome était indemne et que son maître consentirait peut-être à me transporter.

26 La proposition m'étonna.

— Ethan Frome? Mais je ne lui ai jamais parlé! ... Pour quelle raison consentirait-il à se charger de moi?

27 La réponse d'Harmon Gow accrut encore ma surprise:

— Je ne sais pas s'il le ferait pour vos beaux yeux, mais très certainement il ne sera pas fâché de gagner un dollar...

28 I had been told that Frome was poor, and that the sawmill and the arid acres of his farm yielded scarcely enough to keep his household through the winter; but I had not supposed him to be in such want as Harmon's words implied, and I expressed my wonder.

29 "Well, matters ain't gone any too well with him," Harmon said. "When a man's been setting round like a hulk for twenty years or more, seeing things that want doing, it eats inter him, and he loses his grit. That Frome farm was always 'bout as bare's a milkpan when the cat's been round; and you know what one of them old water-mills is wuth nowadays. When Ethan could sweat over 'em both from sunup to dark he kinder choked a living out of 'em; but his folks ate up most everything, even then, and I don't see how he makes out now. Fust his father got a kick, out haying, and went soft in the brain, and gave away money like Bible texts afore he died. Then his mother got queer and dragged along for years as weak as a baby; and his wife Zeena, she's always been the greatest hand at doctoring in the county. Sickness and trouble: that's what Ethan's had his plate full up with, ever since the very first helping."

28 On m'avait bien dit que Frome était pauvre et que sa scierie jointe aux quelques acres pierreux de sa culture, suffisaient difficilement à faire bouillir la marmite pendant les mois d'hiver. Toutefois je ne m'étais pas figuré une misère aussi complète et je ne pus m'empêcher d'exprimer mon étonnement à Harmon, qui reprit:

29 — Oh! ses affaires ne vont pas très bien! Quand un homme est depuis vingt ans courbé comme une vieille carcasse de navire, sans pouvoir faire ce qu'il veut, il se mange les sangs et perd courage. La ferme de Frome, ça n'a jamais été grand-chose, et vous savez, d'autre part, ce que rapporte aujourd'hui une de ces vieilles scieries… Lorsque Ethan pouvait encore peiner sur les deux de front, du matin au soir et du soir au matin, on avait juste, chez lui, de quoi vivre… Et encore, même à cette époque, son monde lui dévorait tout, et je ne sais vraiment pas comment diable il s'en tirait… Ça commença avec son père, qui attrapa un coup de pied de cheval en faisant les foins: le mal lui monta au cerveau, et le pauvre bonhomme jetait l'argent par les fenêtres comme si de rien n'était… Puis ce fut sa mère qui devint drôle… Elle traîna de longue années en enfance… Maintenant, c'est Zeena, sa femme… Celle-là a passé sa vie à droguer… Au fond, voyez-vous, la maladie et le souci, ce sont les seules choses dont Ethan ait toujours eu son assiette pleine…

30 The next morning, when I looked out, I saw the hollow-backed bay between the Varnum spruces, and Ethan Frome, throwing back his worn bearskin, made room for me in the sleigh at his side. After that, for a week, he drove me over every morning to Corbury Flats, and on my return in the afternoon met me again and carried me back through the icy night to Starkfield. The distance each way was barely three miles, but the old bay's pace was slow, and even with firm snow under the runners we were nearly an hour on the way. Ethan Frome drove in silence, the reins loosely held in his left hand, his brown seamed profile, under the helmet-like peak of the cap, relieved against the banks of snow like the bronze image of a hero. He never turned his face to mine, or answered, except in monosyllables, the questions I put, or such slight pleasantries as I ventured. He seemed a part of the mute melancholy landscape, an incarnation of its frozen woe, with all that was warm and sentient in him fast bound below the surface; but there was nothing unfriendly in his silence. I simply felt that he lived in a depth of moral isolation too remote for casual access, and I had the sense that his loneliness was not merely the result of his personal plight, tragic as I guessed that to be, but had in it, as Harmon Gow had hinted, the profound accumulated cold of many Starkfield winters.

31 Only once or twice was the distance between us bridged for a moment; and the glimpses thus gained confirmed my desire to know more. Once I happened to speak of an engineering job I had been on the previous year in Florida, and of the contrast between the winter landscape about us and that in which I had found myself the year before; and to my surprise Frome said suddenly: "Yes: I was down there once, and for a good while afterward I could call up the sight of it in winter. But now it's all snowed under."

30 Le lendemain matin, en mettant le nez à la fenêtre, j'aperçus entre les sapins des Varnum le maigre cheval de Frome. Rejetant la vieille peau d'ours, le maître me fit place à côté de lui dans le traîneau. Toute la semaine, à dater de ce jour, il me descendit à Corbury Flats, et me ramena le soir à Starkfield, dans le crépuscule glacial. Le trajet ne dépassait guère quatre milles, mais l'allure du cheval était lente, et, même quand la neige gelée résistait à la pression de la voiture, nous mettions tour près d'une heure pour faire la route. Ethan Frome conduisait sans parler. Il tenait mollement les guides dans sa main gauche. Sur le remblai couvert de neige, son visage brun se détachait comme le profil d'une médaille de bronze. Il répondait par monosyllabes, sans jamais me regarder, à mes questions et aux légères plaisanteries que je hasardais. Il avait l'air de faire partie du paysage mélancolique et silencieux. On eût dit le symbole de cette désolation glacée, tellement tout ce qui était chaleur et sensibilité semblait enfoui au fond de lui-même. Son silence, il est vrai, n'avait rien d'hostile. Je finis par comprendre que cet homme était habitué à vivre dans une solitude morale trop profonde pour qu'on pût facilement pénétrer jusqu'à lui. Cet état, je le présumais, ne résultait point essentiellement de ses malheurs, que je devinais tragique : il était surtout la conséquence de tous ces hivers rigoureux passés à Starkfield…

31 Une ou deux fois seulement, j'eus le sentiment de me rapprocher de lui, et ces instants ne firent qu'aviver mon désir d'en savoir davantage. Un jour, à propos d'un travail que j'avais exécuté en Floride, l'hiver précédent, je fis allusion à la différence entre les deux climats. A ma grande surprise, Frome me répondit :

— Oui, je sais… J'y suis allé autrefois, en pendant bien longtemps, moi aussi, en hiver, je voyais ce pays, comme dans une vision… Mais à présent, tout cela est enseveli sous la neige…

32 He said no more, and I had to guess the rest from the inflection of his voice and his sharp relapse into silence.

33 Another day, on getting into my train at the Flats, I missed a volume of popular science—I think it was on some recent discoveries in bio-chemistry—which I had carried with me to read on the way. I thought no more about it till I got into the sleigh again that evening, and saw the book in Frome's hand.

34 "I found it after you were gone," he said.

35 I put the volume into my pocket and we dropped back into our usual silence; but as we began to crawl up the long hill from Corbury Flats to the Starkfield ridge I became aware in the dusk that he had turned his face to mine.

36 "There are things in that book that I didn't know the first word about," he said.

37 I wondered less at his words than at the queer note of resentment in his voice. He was evidently surprised and slightly aggrieved at his own ignorance.

38 "Does that sort of thing interest you?" I asked.

39 "It used to."

40 "There are one or two rather new things in the book: there have been some big strides lately in that particular line of research." I waited a moment for an answer that did not come; then I said: "If you'd like to look the book through I'd be glad to leave it with you."

41 He hesitated, and I had the impression that he felt himself about to yield to a stealing tide of inertia; then, "Thank you—I'll take it," he answered shortly.

32 Il n'ajouta pas un mot ; et j'eus à deviner le reste par le ton de sa voix et le brusque silence qui suivit.

33 Une autre fois, à peine monté dans mon compartiment, je m'avisai que j'avais oublié sur le traîneau un livre que je comptais lire pendant le trajet. C'était un ouvrage de vulgarisation scientifique, un traité de bio-chimie, si je me rappelle bien... Le soir, je ne pensais déjà plus à mon étourderie, lorsque, en descendant du train, je vis le volume entre les mains de Frome.

34 — Je l'ai trouvé après votre départ, — me dit-il.

35 Je mis le livre dans ma poche, et nous revînmes à notre mutisme habituel. Mais, comme nous commencions à gravir la longue côte qui va de Corbury Flats à Starkfield, j'aperçus dans le crépuscule le visage de Frome tourné de mon côté.

36 — Il y a dans ce livre des choses dont je n'avais pas entendu parler jusqu'ici...

37 Le propos m'étonna moins que l'accent dont il fut prononcé : évidemment, Frome était surpris et tant soit peu vexé de son ignorance.

38 — Ces questions vous intéressent donc ? — lui demandai-je.

39 — Elles m'intéressaient autrefois...

40 — Il y a quelques nouveautés dans ce livre... On a fait récemment des découvertes importantes dans cet ordre de recherches.

J'attendais une phrase qui ne vint pas, et je repris :

— Si vous voulez parcourir ce livre, je serai heureux de vous le prêter.

41 Ethan Frome hésita. J'eus l'impression qu'il faisait effort pour secouer son inertie et me répondre.

— Merci. J'accepte, — dit-il simplement.

42 I hoped that this incident might set up some more direct communication between us. Frome was so simple and straightforward that I was sure his curiosity about the book was based on a genuine interest in its subject. Such tastes and acquirements in a man of his condition made the contrast more poignant between his outer situation and his inner needs, and I hoped that the chance of giving expression to the latter might at least unseal his lips. But something in his past history, or in his present way of living, had apparently driven him too deeply into himself for any casual impulse to draw him back to his kind. At our next meeting he made no allusion to the book, and our intercourse seemed fated to remain as negative and one-sided as if there had been no break in his reserve.

43 Frome had been driving me over to the Flats for about a week when one morning I looked out of my window into a thick snow-fall. The height of the white waves massed against the garden-fence and along the wall of the church showed that the storm must have been going on all night, and that the drifts were likely to be heavy in the open. I thought it probable that my train would be delayed; but I had to be at the power-house for an hour or two that afternoon, and I decided, if Frome turned up, to push through to the Flats and wait there till my train came in. I don't know why I put it in the conditional, however, for I never doubted that Frome would appear. He was not the kind of man to be turned from his business by any commotion of the elements; and at the appointed hour his sleigh glided up through the snow like a stage-apparition behind thickening veils of gauze.

44 I was getting to know him too well to express either wonder or gratitude at his keeping his appointment; but I exclaimed in surprise as I saw him turn his horse in a direction opposite to that of the Corbury road.

42 Je comptais qu'il s'ensuivrait quelques familiarités entre nous. La modestie de Frome et sa franchise m'assuraient que sa curiosité avait certainement pour cause l'intérêt réel jadis porté par lui à ces sujets-là. Ces préoccupations et ces connaissances, chez un homme de sa condition, rendaient le contraste encore plus poignant entre sa situation matérielle et ses besoins intimes et, puisque cet incident m'avait permis de satisfaire ses goûts secrets, j'espérais qu'il se déciderait à parler. Mais il y avait dans son passé ou dans sa vie présente quelque chose qui l'empêchait de se livrer. A notre rencontre suivante, il ne fit même pas allusion au livre et notre rapprochement semblait destiné à n'avoir pas de lendemain.

43 Depuis plus d'une semaine déjà, Frome me conduisait à Corbury Flats, quand, un matin, à mon réveil, je vis qu'il neigeait abondamment. La hauteur des vagues blanches massées contre la palissade du jardin et le long du mur de l'église témoignait que la tempête avait duré toute la nuit : là-bas, en rase campagne, les couches de neige amoncelées par le vent devaient être plus épaisses encore. Je songeai aussitôt que mon train était assurément bloqué. Or, ce jour-là, ma présence était indispensable à l'usine dans le courant de l'après-midi. Je décidai donc, que si Frome venait, je me ferais conduire par lui jusqu'aux Flats. Une fois là, j'attendrais mon train jusqu'à ce qu'il se décidât à paraître. D'ailleurs je n'avais pas le moindre doute que Frome ne vînt. Je le connaissais assez bien pour savoir à quoi m'en tenir : il était un de ces hommes que nulle difficulté ne saurait détourner de leur tâche. En effet, à l'heure habituelle, je vis venir son traîneau glissant sur la neige : telle une apparition de théâtre qui traverse la scène derrière un léger voile de gaze…

44 Inutile avec lui de manifester étonnement ou reconnaissance. Je ne pus cependant retenir un mouvement de surprise quand je le vis engager son cheval dans la direction opposée à la route de Corbury.

45 "The railroad's blocked by a freight-train that got stuck in a drift below the Flats," he explained, as we jogged off into the stinging whiteness.

46 "But look here—where are you taking me, then?"

47 "Straight to the Junction, by the shortest way," he answered, pointing up School House Hill with his whip.

48 "To the Junction—in this storm? Why, it's a good ten miles!"

49 "The bay'll do it if you give him time. You said you had some business there this afternoon. I'll see you get there."

50 He said it so quietly that I could only answer: "You're doing me the biggest kind of a favour."

51 "That's all right," he rejoined.

52 Abreast of the schoolhouse the road forked, and we dipped down a lane to the left, between hemlock boughs bent inward to their trunks by the weight of the snow. I had often walked that way on Sundays, and knew that the solitary roof showing through bare branches near the bottom of the hill was that of Frome's saw-mill. It looked exanimate enough, with its idle wheel looming above the black stream dashed with yellow-white spume, and its cluster of sheds sagging under their white load. Frome did not even turn his head as we drove by, and still in silence we began to mount the next slope. About a mile farther, on a road I had never travelled, we came to an orchard of starved apple-trees writhing over a hillside among outcroppings of slate that nuzzled up through the snow like animals pushing out their noses to breathe. Beyond the orchard lay a field or two, their boundaries lost under drifts; and above the fields, huddled against the white immensities of land and sky, one of those lonely New England farm-houses that make the landscape lonelier.

45 — La voie est obstruée au-dessous des Flats par un train de marchandises, — m'expliqua-t-il. — La neige bloque le convoi.

46 — Mais alors où me conduisez-vous ?

47 — Directement, et par le plus court, à Corbury Junction ! — me répondit-il, m'indiquant du fouet la School House Hill.

48 — A Corbury Junction ? par cette bourrasque ? … mais… il y a bien douze milles !

49 — Le cheval les fera, si vous lui en donnez le temps. Vous avez dit que vous aviez du travail à l'usine cette après-midi : je vous y mène.

50 Il prononça ces paroles avec tant de simplicité que je lui répondis sur le même ton :

— Vous me rendez le plus grand service.

51 — Bah ! ce n'est rien…

52 La route bifurqua en face de l'église. Nous prîmes un sentier à gauche, qui descendait au milieu des sapins. Il avait neigé si fort que les branches, courbées sous leur fardeau blanc, faisaient corps avec le tronc des arbres. Souvent, le dimanche, j'étais venu me promener de ce côté et l'on m'avait montré la scierie de Frome, qui se dessinait entre les fûts dénudées, presque qu bas de la colline. Le vieux bâtiment solitaire semblait agoniser. Sa roue paresseuse se reflétait vaguement dans l'eau noirâtre qui bouillonnait alentour en remous bruns. Sous le poids de la neige, ses hangars fléchissaient. Pas une seule fois Frome ne tourna la tête pendant la descente. Nous commençâmes à gravir la côte suivante, toujours en silence. Après quelques centaines de mètres, lorsque nous eûmes rejoint la grande route, nous rencontrâmes un champ de pommiers grêles. Les arbres se tordaient à mi-pente de la colline, sur un terrain rocheux où des crêtes d'ardoise perçaient la neige par endroits. Au delà de ce verger s'étendaient un champ ou deux qui confondaient leurs limites

53 "That's my place," said Frome, with a sideway jerk of his lame elbow; and in the distress and oppression of the scene I did not know what to answer. The snow had ceased, and a flash of watery sunlight exposed the house on the slope above us in all its plaintive ugliness. The black wraith of a deciduous creeper flapped from the porch, and the thin wooden walls, under their worn coat of paint, seemed to shiver in the wind that had risen with the ceasing of the snow.

54 "The house was bigger in my father's time: I had to take down the 'L,' a while back," Frome continued, checking with a twitch of the left rein the bay's evident intention of turning in through the broken-down gate.

55 I saw then that the unusually forlorn and stunted look of the house was partly due to the loss of what is known in New England as the "L": that long deep-roofed adjunct usually built at right angles to the main house, and connecting it, by way of storerooms and tool-house, with the wood-shed and cow-barn. Whether because of its symbolic sense, the image it presents of a life linked with the soil, and enclosing in itself the chief sources of warmth and nourishment, or whether merely because of the consolatory thought that it enables the dwellers in that harsh climate to get to their morning's work without facing the weather, it is certain that the "L" rather than the house itself seems to be the centre, the actual hearth-stone of the New England farm. Perhaps this connection of ideas, which had often occurred to me in my rambles about Starkfield, caused me to hear a wistful note in Frome's words, and to see in the diminished dwelling the image of his own shrunken body.

sous le grand tapis blanc. Un peu plus loin, dans l'immensité monotone du ciel et de la terre, surgissait l'une de ces fermes de la Nouvelle-Angleterre qui semblent élargir la solitude du paysage…

53 — Voilà ma maison, — me dit Frome, — en faisant un mouvement de son coude estropié.

J'étais tellement accablé par la désolation de la scène que je ne sus que lui répondre. Il ne neigeait plus. Sur la pente, à nos pieds, se dressait la ferme, qu'un pâle rayon de soleil éclairait dans toute sa laideur. Une vigne vierge desséchée pendait au-dessus de la porte, et les murs de bois, sous la peinture écaillée, semblaient grelotter dans le vent.

54 — La maison était plus importante du temps de mon père ! — continua Frome. — Mais j'ai dû abattre l'*L*, tout récemment.

Et, se servant du bout de sa rêne gauche comme d'un fouet, il ramena sur le chemin le vieux cheval qui s'apprêtait à franchir la barrière brisée.

55 Je découvris alors que l'aspect abandonné et minable de la demeure était dû surtout à l'absence de ce corps de logis que nous nommons, dans la Nouvelle-Angleterre, une *L*. Cette *L* est un appentis réservé au bûcher et à l'étable, généralement relié en équerre au bâtiment principal de la ferme, avec lequel il communique par la chambre à provisions et le magasin à outils. Est-ce par le symbole qu'elle présente, par l'image qu'elle évoque de la vie humaine liée au sol, par ce fait qu'elle détient les sources essentielles de l'existence, — la chaleur et la nourriture, — est-ce plutôt par la pensée consolante qu'elle suggère en nous montrant, sous ce dur climat, la possibilité pour les habitants d'accomplir leurs tâches matinales sans affronter les intempéries, — je ne saurais exactement le dire, mais sûrement cette *L*, encore plus que la maison elle-même, figure le centre, le foyer, de toute ferme dans la Nouvelle-Angleterre. Et c'était peut-être

56 "We're kinder side-tracked here now," he added, "but there was considerable passing before the railroad was carried through to the Flats." He roused the lagging bay with another twitch; then, as if the mere sight of the house had let me too deeply into his confidence for any farther pretence of reserve, he went on slowly: "I've always set down the worst of mother's trouble to that. When she got the rheumatism so bad she couldn't move around she used to sit up there and watch the road by the hour; and one year, when they was six months mending the Bettsbridge pike after the floods, and Harmon Gow had to bring his stage round this way, she picked up so that she used to get down to the gate most days to see him. But after the trains begun running nobody ever come by here to speak of, and mother never could get it through her head what had happened, and it preyed on her right along till she died."

cette association d'idées, maintes fois renouvelée durant mes promenades aux environs de Starkfield, qui me faisait distinguer un accent d'amertume dans les paroles de Frome et voir dans cette maison amoindrie l'image même de son pauvre corps ruiné.

56 — Nous sommes bien isolés maintenant, ici! — ajouta-t-il. — Mais, avant la construction du chemin de fer, on passait beaucoup par chez nous pour aller aux Flats.

Il réveilla d'un nouveau coup de guide le cheval qui s'endormait. Puis, comme si la vue de sa maison m'avait mis trop avant dans sa confidence pour qu'il s'obstinât plus longtemps à demeurer sur la réserve, il continua lentement:

— J'ai toujours attribué l'aggravation de l'état de ma mère à ce changement-là. Quand les rhumatismes lui vinrent, au point qu'elle ne pouvait plus vaquer à ses affaires, elle prit l'habitude de venir s'asseoir devant la porte, et elle regardait pendant des heures entières le mouvement qui se faisait sur la haussée… Une année, même, où pendant six mois on répara la grande route, après les inondations, Harmon Gow fut obligé de passer par ici avec sa diligence, et elle avait pris l'habitude de descendre chaque matin jusqu'à la barrière pour lui dire bonjour… Mais, une fois le chemin de fer inauguré, il ne vint plus personne. Et elle ne put jamais comprendre la raison de ce changement… Ce fut une des choses qui la tourmentèrent jusqu'à sa mort.

57 As we turned into the Corbury road the snow began to fall again, cutting off our last glimpse of the house; and Frome's silence fell with it, letting down between us the old veil of reticence. This time the wind did not cease with the return of the snow. Instead, it sprang up to a gale which now and then, from a tattered sky, flung pale sweeps of sunlight over a landscape chaotically tossed. But the bay was as good as Frome's word, and we pushed on to the Junction through the wild white scene.

58 In the afternoon the storm held off, and the clearness in the west seemed to my inexperienced eye the pledge of a fair evening. I finished my business as quickly as possible, and we set out for Starkfield with a good chance of getting there for supper. But at sunset the clouds gathered again, bringing an earlier night, and the snow began to fall straight and steadily from a sky without wind, in a soft universal diffusion more confusing than the gusts and eddies of the morning. It seemed to be a part of the thickening darkness, to be the winter night itself descending on us layer by layer.

59 The small ray of Frome's lantern was soon lost in this smothering medium, in which even his sense of direction, and the bay's homing instinct, finally ceased to serve us. Two or three times some ghostly landmark sprang up to warn us that we were astray, and then was sucked back into the mist; and when we finally regained our road the old horse began to show signs of exhaustion. I felt myself to blame for having accepted Frome's offer, and after a short discussion I persuaded him to let me get out of the sleigh and walk along through the snow at the bay's side. In this way we struggled on for another mile or two, and at last reached a point where Frome, peering into what seemed to me formless night, said: "That's my gate down yonder."

57 Comme nous arrivions à la route de Corbury, la neige se remit à choir, offusquant la dernière vue que nous avions encore sur la maison. Frome, redevenu silencieux, laissa retomber entre nous le vieux voile des réticences. Le vent n'avait pas cessé, malgré le retour de la neige. Des rafales capricieuses découvraient de temps à autre un pan de ciel ou quelques ondes d'un pâle soleil qui ruisselaient sur ce paysage chaotique et désolé. Mais le cheval tint bon et nous parvînmes enfin, malgré la bourrasque sauvage, à Corbury Junction…

58 Au cours de l'après-midi, la tourmente fit trêve. Vers l'est, l'horizon s'était éclairci et, dans mon inexpérience, je me dis que nous aurions une belle soirée. Le plus rapidement possible j'achevai ma besogne, et nous reprîmes le chemin de Starkfield avec bien des chances d'y arriver pour le repas du soir. Mais, au coucher du soleil, les nuages menaçants se reformèrent : la nuit vint d'un seul coup. Drue et ferme, la neige recommença de choir. Le vent s'était tu, et nous avancions au milieu d'un calme plus inquiétant que les rafales et les tourbillons de la matinée : on aurait dit que les ténèbres elles-mêmes descendaient sur nous et que la nuit d'hiver se collait peu à peu à nos épaules.

59 Le faible rayon de notre lanterne se trouva bientôt noyé dans cette atmosphère angoissante. La connaissance des lieux qu'avait Frome, l'instinct même de son cheval, tout finit par devenir inutile. A deux ou trois reprises, un objet quelconque se dressa comme un fantôme devant nous, indiquant soudain que nous nous égarions ; mais il se perdait presque aussitôt dans l'ombre. Enfin, au moment où pensions avoir retrouvé le bon chemin, ce fut la pauvre vieille bête qui se mit à donner des signes certains d'épuisement.

60 The last stretch had been the hardest part of the way. The bitter cold and the heavy going had nearly knocked the wind out of me, and I could feel the horse's side ticking like a clock under my hand.

61 "Look here, Frome," I began, "there's no earthly use in your going any farther—" but he interrupted me: "Nor you neither. There's been about enough of this for anybody."

62 I understood that he was offering me a night's shelter at the farm, and without answering I turned into the gate at his side, and followed him to the barn, where I helped him to unharness and bed down the tired horse. When this was done he unhooked the lantern from the sleigh, stepped out again into the night, and called to me over his shoulder: "This way."

63 Far off above us a square of light trembled through the screen of snow. Staggering along in Frome's wake I floundered toward it, and in the darkness almost fell into one of the deep drifts against the front of the house. Frome scrambled up the slippery steps of the porch, digging a way through the snow with his heavily booted foot. Then he lifted his lantern, found the latch, and led the way into the house. I went after him into a low unlit passage, at the back of which a ladder-like staircase rose into obscurity. On our right a line of light marked the door of the room which had sent its ray across the night; and behind the door I heard a woman's voice droning querulously.

Je me rendis compte alors de la légèreté avec laquelle j'avais accepté l'offre de Frome et je finis par obtenir qu'il me laissât descendre : je me mis à marcher à côté du cheval, dans la neige, pendant deux ou trois milles. Enfin mon conducteur me désigna un point dans les ténèbres :

— Nous voici chez moi, — me dit-il.

60 La dernière étape avait été la partie la plus pénible du voyage. Le froid était piquant, la marche ardue, et j'étais à peu près hors d'haleine. Sous ma main je sentais battre le flanc du vieux cheval.

61 — Écoutez, Frome, — dis-je, — il n'est pas nécessaire que vous alliez plus loin...

Il m'interrompit :

— Ni vous non plus... Nous en avons tous notre compte...

62 Je compris qu'il m'offrait l'hospitalité : sans répondre, je passai la barrière de la ferme avec lui. Je le suivis dans l'écurie et l'aidai à dételer le malheureux cheval, qui était fourbu. Nous préparâmes sa litière, puis Frome décrocha la lanterne du traîneau et me précéda dans la nuit. Par-dessus l'épaule, il me dit :

— Venez !

63 J'avis peine à suivre Frome dans l'obscurité : je faillis butter dans un tas de neige amoncelée devant la porte.

De sa lourde botte, Frome nettoya la pas glissant de la porte, s'efforçant de nous ouvrir un chemin. La lanterne haute, il souleva le loquet et me devança pour me guider. J'entrai à sa suite dans un vestibule obscur et resserré : on apercevait vaguement, dans le fond, un escalier raide comme une échelle. A notre droite, un rayon de lumière indiquait la porte de la pièce dont nous avions vu du dehors la fenêtre éclairée. Avant qu'elle s'ouvrît, je perçus une voix de femme dolente et maussade.

64 Frome stamped on the worn oil-cloth to shake the snow from his boots, and set down his lantern on a kitchen chair which was the only piece of furniture in the hall. Then he opened the door.

65 "Come in," he said; and as he spoke the droning voice grew still…

66 It was that night that I found the clue to Ethan Frome, and began to put together this vision of his story.

67

64 Frome tapait du pied sur le linoleum usé pour détacher la boue de ses bottes. Il posa le falot sur l'unique chaise du vestibule ; puis il ouvrit la porte :

65 — Entrez, — me dit-il.

Pendant qu'il parlait, la voix geignarde se tut…

66 Ce fut cette nuit-là que je trouvai la clef du caractère d'Ethan Frome, et que je commençai à reconstituer cette vision de son histoire.

67

I

1 The village lay under two feet of snow, with drifts at the windy corners. In a sky of iron the points of the Dipper hung like icicles and Orion flashed his cold fires. The moon had set, but the night was so transparent that the white house-fronts between the elms looked gray against the snow, clumps of bushes made black stains on it, and the basement windows of the church sent shafts of yellow light far across the endless undulations.

2 Young Ethan Frome walked at a quick pace along the deserted street, past the bank and Michael Eady's new brick store and Lawyer Varnum's house with the two black Norway spruces at the gate. Opposite the Varnum gate, where the road fell away toward the Corbury valley, the church reared its slim white steeple and narrow peristyle. As the young man walked toward it the upper windows drew a black arcade along the side wall of the building, but from the lower openings, on the side where the ground sloped steeply down to the Corbury road, the light shot its long bars, illuminating many fresh furrows in the track leading to the basement door, and showing, under an adjoining shed, a line of sleighs with heavily blanketed horses.

3 The night was perfectly still, and the air so dry and pure that it gave little sensation of cold. The effect produced on Frome was rather of a complete absence of atmosphere, as though nothing less tenuous than ether intervened between the white earth under his feet and the metallic dome overhead. "It's like being in an exhausted receiver," he thought. Four or five years earlier he had taken a year's course at a technological college at Worcester, and dabbled in the laboratory with a friendly professor of physics; and the images supplied by that experience still cropped up, at unexpected moments, through the totally different associations of

I

1 Le village était enseveli sous une épaisse couche de neige et, au tournant des chemins, les vagues blanches poussées par le vent avaient déferlé jusqu'aux fenêtres des maisons. Les étoiles du Chariot semblaient pendre comme des stalactites du ciel d'acier, où scintillait de feux glacés Orion. La lune était couchée, mais la nuit restait lumineuse, et les façades blanches des maisons paraissaient grises entre les ormes ; les arbustes se détachaient en noir dans cette clarté diffuse et les rayons qui filtraient par les fenêtres basses de l'église s'épandaient en nappes jaunâtres sur les moutonnements innombrables de la neige.

2 Le jeune Ethan Frome avançait d'un pas rapide dans la rue déserte. Il dépassa la banque, le nouveau magasin tout en briques de Michel Eady, et les deux sapins de Norvège qui flanquaient la grille du notaire Varnum.

3 Devant lui, à l'endroit où la route s'incline vers la vallée de Corbury, l'église dessinait son svelte clocher et les colonnes grêles de son portail classique. La façade demeurait dans l'ombre, et, d'un côté de l'édifice, les fenêtres du haut formaient, sur la muraille, un série de taches noires, mais celles du bas étaient éclairées et leur lumière faisait apparaître devant la porte des traces fraîches de pas et de nombreux sillons de véhicules. A l'abri d'un hangar voisin, les traîneaux formaient une longue rangée. Sur l'échine des chevaux on avait jeté de lourdes peaux de buffles et d'ours. La nuit brillait d'une sérénité admirable. L'air était sec et si pur que la sensation de froid s'atténuait et il semblait à Frome que l'atmosphère n'existait plus. Tout devenait léger entre la terre givrée qui craquait sous ses bottes et la voûte métallique du ciel. « On a la sensation du vide, — se disait-il, — comme si on était dans un tube de Crookes où le vide aurait été fait... » Quatre ou cinq années auparavant, il avait suivi les cours

thought in which he had since been living. His father's death, and the misfortunes following it, had put a premature end to Ethan's studies; but though they had not gone far enough to be of much practical use they had fed his fancy and made him aware of huge cloudy meanings behind the daily face of things.

4 As he strode along through the snow the sense of such meanings glowed in his brain and mingled with the bodily flush produced by his sharp tramp. At the end of the village he paused before the darkened front of the church. He stood there a moment, breathing quickly, and looking up and down the street, in which not another figure moved. The pitch of the Corbury road, below lawyer Varnum's spruces, was the favourite coasting-ground of Starkfield, and on clear evenings the church corner rang till late with the shouts of the coasters; but to-night not a sled darkened the whiteness of the long declivity. The hush of midnight lay on the village, and all its waking life was gathered behind the church windows, from which strains of dance-music flowed with the broad bands of yellow light.

5 The young man, skirting the side of the building, went down the slope toward the basement door. To keep out of range of the revealing rays from within he made a circuit through the untrodden snow and gradually approached the farther angle of the basement wall. Thence, still hugging the shadow, he edged his way cautiously forward to the nearest window, holding back his straight spare body and craning his neck till he got a glimpse of the room.

d'un institut technique, à Worcester, et manipulé quelque peu dans un laboratoire grâce à la complaisance d'un professeur de physique. Depuis, les images suggérées par cette expérience lui revenaient souvent d'une façon inattendue, malgré la direction si différente que son existence actuelle imposait à ses pensées. La mort de son père et les malheurs subséquents avaient en effet écourté ses études : il n'avait pu en retirer aucun bénéfice pratique, mais elles avaient nourri son imagination et lui avaient donné l'idée du vaste et nébuleux mystère qui se dérobe derrière les apparences quotidiennes des choses.

4 Tandis qu'il cheminait à grands pas sur la neige, le sentiment de ce mystère embrasait son esprit et avivait encore la bienfaisante exaltation physique déterminée par cette marche rapide. Au bout du village, devant le péristyle de l'église, il s'arrêta pour reprendre haleine. La pente de la route de Corbury s'amorçait un peu au-dessous des sombres sapins qui gardaient l'entrée du notaire Varnum. C'était à cet endroit que les jeunes gens de Starkfield se retrouvaient pour s'exercer à la luge. Par les nuits claires, le carrefour devant l'église retentissait jusqu'à une heure tardive de leurs cris joyeux ; mais, ce soir, aucun de leurs petits traîneaux ne dessinait sa tache noire sur la longue et blanche descente. Le silence de minuit planait sur le village. Tout ce qui veillait était rassemblé dans l'église : un lointain écho d'air à danser et les larges rais d'une lumière dorée arrivaient, confondus, des fenêtres.

5 Le jeune homme contourna l'édifice. Il descendit la rampe et se dirigea vers la porte qui ouvrait sur la salle du rez-de-chaussée. Il fit un crochet à travers la neige non foulée pour éviter la clarté jusqu'à l'angle opposé du bâtiment. Une fois là, tout en prenant garde à rester dans l'ombre, il fit effort pour atteindre la fenêtre la plus voisine. Il dissimula son corps long et mince dans l'obscurité et tendit le cou de manière à pouvoir risquer on œil dans la salle.

6 Seen thus, from the pure and frosty darkness in which he stood, it seemed to be seething in a mist of heat. The metal reflectors of the gas-jets sent crude waves of light against the whitewashed walls, and the iron flanks of the stove at the end of the hall looked as though they were heaving with volcanic fires. The floor was thronged with girls and young men. Down the side wall facing the window stood a row of kitchen chairs from which the older women had just risen. By this time the music had stopped, and the musicians—a fiddler, and the young lady who played the harmonium on Sundays—were hastily refreshing themselves at one corner of the supper-table which aligned its devastated pie-dishes and ice-cream saucers on the platform at the end of the hall. The guests were preparing to leave, and the tide had already set toward the passage where coats and wraps were hung, when a young man with a sprightly foot and a shock of black hair shot into the middle of the floor and clapped his hands. The signal took instant effect. The musicians hurried to their instruments, the dancers—some already half-muffled for departure—fell into line down each side of the room, the older spectators slipped back to their chairs, and the lively young man, after diving about here and there in the throng, drew forth a girl who had already wound a cherry-coloured "fascinator" about her head, and, leading her up to the end of the floor, whirled her down its length to the bounding tune of a Virginia reel.

6 Ainsi considérée, de la nuit pure et glacée où Ethan demeurait invisible, elle apparaissait, cette grande pièce, en pleine ébullition. Les réflecteurs à gaz projetaient une lumière crue contre ses parois blanchies à la chaux. A l'une des extrémités, le poêle ronflait comme s'il eût contenu dans ses flancs un feu volcanique. Des couples jeunes et nombreux se pressaient sur le plancher. Face à la fenêtre, le long des murs, étaient alignées des chaises de paille : les femmes plus âgées, qui les avaient occupées jusqu'alors, venaient de se lever. La musique avait cessé. Le violon et la jeune organiste des dimanches, — tout l'orchestre, — se restauraient en hâte sur un coin de la table dressée pour le souper, où s'offraient encore des restes de pâtés de glaces. Chacun s'apprêtait à partir et se dirigeait déjà vers le vestiaire lorsqu'un jeune garçon ébouriffé et leste, sauta au milieu du plancher et se mit à frapper dans ses mains. Ce geste eut un effet subit : les musiciens se précipitèrent sur leurs instruments, et, bien que divers danseurs fussent déjà vêtus pour le départ, tous reprirent leurs places, des deux côtés de la salle. Les gens d'âge mûr se glissèrent vers leurs sièges. L'endiablé jeune homme, plongeant à travers la foule, entraîna jusqu'au bout de la pièce une jeune fille qui avait déjà coiffé une écharpe en laine cerise ; puis il commença de tourner avec elle sur un air de scottish.

7 Frome's heart was beating fast. He had been straining for a glimpse of the dark head under the cherry-coloured scarf and it vexed him that another eye should have been quicker than his. The leader of the reel, who looked as if he had Irish blood in his veins, danced well, and his partner caught his fire. As she passed down the line, her light figure swinging from hand to hand in circles of increasing swiftness, the scarf flew off her head and stood out behind her shoulders, and Frome, at each turn, caught sight of her laughing panting lips, the cloud of dark hair about her forehead, and the dark eyes which seemed the only fixed points in a maze of flying lines.

8 The dancers were going faster and faster, and the musicians, to keep up with them, belaboured their instruments like jockeys lashing their mounts on the home-stretch; yet it seemed to the young man at the window that the reel would never end. Now and then he turned his eyes from the girl's face to that of her partner, which, in the exhilaration of the dance, had taken on a look of almost impudent ownership. Denis Eady was the son of Michael Eady, the ambitious Irish grocer, whose suppleness and effrontery had given Starkfield its first notion of "smart" business methods, and whose new brick store testified to the success of the attempt. His son seemed likely to follow in his steps, and was meanwhile applying the same arts to the conquest of the Starkfield maidenhood. Hitherto Ethan Frome had been content to think him a mean fellow; but now he positively invited a horse-whipping. It was strange that the girl did not seem aware of it: that she could lift her rapt face to her dancer's, and drop her hands into his, without appearing to feel the offence of his look and touch.

7 Le cœur de Frome se mit à battre plus fort. Malgré tous ses efforts pour découvrir la jolie tête brune à l'écharpe cerise, un autre regard avait été plus prompt que le sien ! Il en souffrit. Le boute-en-train dansait bien, et sa partenaire s'animait au jeu ; son clair visage se balançait, en passant sous les mains qui formaient la chaîne ; le tourbillon qui l'emportait, de plus en plus rapide, soulevait de ses épaules l'écharpe qui se déroulait derrière elle. A chaque tour, Frome apercevait ses lèvres entr'ouvertes et rieuses, les cheveux bruns qui voltigeaient sur son front. Les yeux sombres demeuraient l'unique point fixe dans ce labyrinthe de lignes mouvantes.

8 Les couples tournaient de plus en plus vite : pour les suivre, les musiciens étaient obligés de torturer leurs instruments. Et cependant il semblait à Ethan que la scottish ne finirait jamais… De temps à autre, il détournait son regard de la jeune fille pour le reporter sur son cavalier : il souffrait de voir celui-ci, dans l'enivrement du plaisir, prendre à l'égard de sa compagne des airs de conquérant. Denis Eady était le fils de Michel Eady, l'ambitieux épicier irlandais qui avait introduit dans Starkfield, avec une souple effronterie, les méthodes de commerce « nouveau jeu ». Parmi les modestes maisons en bois de la Grande Rue, le bâtiment tout en briques qu'il venait de faire construire témoignait de son succès. Quant au jeune homme, il paraissait disposé à marcher sur les traces paternelles : il était déjà en train d'appliquer les mêmes procédés à conquérir les jeunes filles du pays. Jusque-là Ethan s'était contenté de le tenir pour un garçon de peu. Mais, à l'heure présente, comme il l'eût cravaché avec plaisir ! Il s'étonnait, en vérité, que la jeune fille ne se défiât pas. Comment pouvait-elle supporter que ce gaillard l'enlevât ainsi, visage contre visage ? Comment pouvait-elle lui abandonner ses mains ? Est-ce qu'elle ne sentait pas tout ce qu'avaient d'offensant ce regard et ce contact ? …

9 Frome was in the habit of walking into Starkfield to fetch home his wife's cousin, Mattie Silver, on the rare evenings when some chance of amusement drew her to the village. It was his wife who had suggested, when the girl came to live with them, that such opportunities should be put in her way. Mattie Silver came from Stamford, and when she entered the Fromes' household to act as her cousin Zeena's aid it was thought best, as she came without pay, not to let her feel too sharp a contrast between the life she had left and the isolation of a Starkfield farm. But for this—as Frome sardonically reflected—it would hardly have occurred to Zeena to take any thought for the girl's amusement.

10 When his wife first proposed that they should give Mattie an occasional evening out he had inwardly demurred at having to do the extra two miles to the village and back after his hard day on the farm; but not long afterward he had reached the point of wishing that Starkfield might give all its nights to revelry.

11 Mattie Silver had lived under his roof for a year, and from early morning till they met at supper he had frequent chances of seeing her; but no moments in her company were comparable to those when, her arm in his, and her light step flying to keep time with his long stride, they walked back through the night to the farm. He had taken to the girl from the first day, when he had driven over to the Flats to meet her, and she had smiled and waved to him from the train, crying out, "You must be Ethan!" as she jumped down with her bundles, while he reflected, looking over her slight person: "She don't look much on housework, but she ain't a fretter, anyhow." But it was not only that the coming to his house of a bit of hopeful young life was like the lighting of a fire on a cold hearth. The girl was more than the bright serviceable creature he had thought her. She had an eye to see and an ear to hear: he could show her things and tell her

9 Mattie Silver, la danseuse sur qui se concentrait l'attention d'Ethan, était une cousine de sa femme. Les soirs, extrêmement rares, où Starkfield s'accordait quelque récréation, elle participait à ces fêtes, et Frome vers les onze heures venait la chercher pour la ramener à la ferme. C'était Mrs. Frome elle-même qui avait réglé les choses de cette façon lorsque Mattie était venue demeurer avec eux. La jeune fille était de Stamford, une des grandes villes industrielles de la Nouvelle-Angleterre. Elle était venue habiter auprès de sa cousine Zeena, qu'elle aidait; mais, comme elle n'était pas rétribuée, Mrs. Frome, en femme pratique, avait imaginé de lui permettre ces divertissements afin qu'elle sentît moins le contraste entre sa vie antérieure et sa vie nouvelle. « Autrement, — se disait avec ironie Ethan Frome, — jamais elle n'eût songé à procurer des distractions à Mattie... »

10 Lorsque Zeena lui en avait parlé pour la première fois, Ethan avait bougonné en lui-même : la perspective d'avoir à faire plusieurs milles après sa journée de rude labeur lui souriait médiocrement. Mais il en était venu bien vite à souhaiter que Starkfield organisât des divertissements chaque soir.

11 Il y avait un an déjà que Mattie Silver habitait chez ses cousins. Entre l'instant du réveil et le souper, Frome avait fréquemment l'occasion de se trouver avec elle. Mais aucun des moments qu'il passait en sa compagnie ne lui semblait aussi délicieux que ceux où, seuls dans la nuit, ils s'acheminaient à travers la campagne, Mattie appuyée au bras d'Ethan et s'efforçant de régler son pas sur celui de son compagnon... Du premier jour, elle l'avait séduit. Il était allé l'attendre en voiture à la gare des Flats, et, aussitôt l'arrêt du train, elle était venue droit à lui, en criant : « Vous devez être Ethan Frome ! ... » Il la voyait encore, sautant du wagon, son petit bagage à la main ; dès ce moment, rien qu'à observer sa fragile personne, il s'était dit : « Elle ne me semble guère taillée pour abattre de la besogne, mais en tout cas elle paraît

things, and taste the bliss of feeling that all he imparted left long reverberations and echoes he could wake at will.

12 It was during their night walks back to the farm that he felt most intensely the sweetness of this communion. He had always been more sensitive than the people about him to the appeal of natural beauty. His unfinished studies had given form to this sensibility and even in his unhappiest moments field and sky spoke to him with a deep and powerful persuasion. But hitherto the emotion had remained in him as a silent ache, veiling with sadness the beauty that evoked it. He did not even know whether any one else in the world felt as he did, or whether he was the sole victim of this mournful privilege. Then he learned that one other spirit had trembled with the same touch of wonder: that at his side, living under his roof and eating his bread, was a creature to whom he could say: "That's Orion down yonder; the big fellow to the right is Aldebaran, and the bunch of little ones—like bees swarming—they're the Pleiades…" or whom he could hold entranced before a ledge of granite thrusting up through the fern while he unrolled the huge panorama of the ice age, and the long dim stretches of succeeding time. The fact that admiration for his learning mingled with Mattie's wonder at what he taught was not the least part of his pleasure. And there were other sensations, less definable but more exquisite, which drew them together with a shock of silent joy: the cold red of sunset behind winter hills, the flight of cloud-flocks over slopes of golden stubble, or the intensely blue shadows of hemlocks on sunlit snow. When she said to him once: "It

facile à vivre... » Et cependant, ce n'était pas seulement un peu de vie jeune et enthousiaste qui était entrée avec elle dans la maison : elle était plus que cela ; plus qu'un petit être serviable et gai, comme il l'avait cru d'abord. Elle savait voir, elle savait écouter, et Frome s'aperçut bientôt qu'on pouvait lui montrer les choses ou les lui raconter. Il avait plaisir à le constater, tout ce qu'il lui communiquait de sa pensée laissait en elle une trace profonde et des échos qu'il pouvait réveiller à sa guise.

12 C'était la nuit, au cours de ces retours à la ferme, qu'il éprouvait le plus vivement la douceur de cette communion. Il avait toujours été plus sensible que les gens de son entourage aux beautés sans cesse renouvelées de la nature ; ses études, malgré leur soudaine interruption, avaient développé en lui cette sensibilité, et, même aux heures les plus malheureuses de son existence, les champs et le ciel lui avaient toujours parlé d'une voix souveraine et profonde. Mais son émotion était demeurée intime, douloureuse et secrète. Elle voilait de mélancolie la beauté même qui la faisait naître. Peut-être n'existait-il personne de par le monde pour sentir comme lui ; peut-être était-il la victime unique de ce triste privilège... Et voici que, brusquement, il découvrait une autre âme vibrant des mêmes admirations, et cette âme vivait à côté de la sienne ! Il découvrait cet être, et cet être habitait sous son toit, mangeait son pain. Elle était à son côté, il pouvait lui dire : « Cette constellation, là-bas, c'est Orion... cette grande étoile, c'est Aldébaran, et cette grappe argentée, qui ressemble à un essaim d'abeilles qu travail, ce sont les Pléiades... » Des heures et des heures, il pouvait la tenir en extase devant un bloc de granit surgissant des fougères, et dérouler devant son esprit le formidable tableau des âges préhistorique et les infinies métamorphoses accomplies au cours des siècles... Le fait que l'admiration pour sa science était mêlée à l'intérêt que prenait Mattie à ses révélations

looks just as if it was painted!" it seemed to Ethan that the art of definition could go no farther, and that words had at last been found to utter his secret soul…

13 As he stood in the darkness outside the church these memories came back with the poignancy of vanished things. Watching Mattie whirl down the floor from hand to hand he wondered how he could ever have thought that his dull talk interested her. To him, who was never gay but in her presence, her gaiety seemed plain proof of indifference. The face she lifted to her dancers was the same which, when she saw him, always looked like a window that has caught the sunset. He even noticed two or three gestures which, in his fatuity, he had thought she kept for him: a way of throwing her head back when she was amused, as if to taste her laugh before she let it out, and a trick of sinking her lids slowly when anything charmed or moved her.

n'était pas la moindre part de son plaisir. Et il y avait encore d'autres sensations moins définies mais plus exquises pour les rapprocher l'un de l'autre dans un élan de joie silencieuse. Ils goûtaient, pendant l'hiver, les couchers de soleil pourpres et glacés derrière les collines, la fuite des nuages au-dessus des éteules, et, sur la neige ensoleillée, les ombres bleues des sapins. Une fois qu'elle lui dit cette pauvre petite phrase si banale : « On croirait voir un tableau... », il parut à Frome que l'art de définir ne pouvait aller plus loin : il lui semblait que ces mots exprimaient le secret de son âme...

13 Cependant qu'il demeurait ainsi, dans la nuit glacée, en dehors de l'église, tous ces souvenirs lui remontaient à la mémoire, avec l'amertume des choses qui ne reviendront plus. Il s'étonnait maintenant, tout en attendant Mattie qui tourbillonnait de main en main sous ses yeux, d'avoir pu croire ses tristes propos susceptibles de l'intéresser. Lui qui n'était jamais gai hors de sa compagnie, il considérait la gaieté de la jeune fille comme une preuve d'indifférence. Le visage qu'elle présentait à ses danseurs était le même qui s'éclairait toujours à son approche, comme une fenêtre qui reflète un coucher de soleil. Il alla jusqu'à remarquer deux ou trois gestes que, dans sa fatuité, il s'était cru réservés ! C'était une certaine façon de rejeter la tête en arrière, si quelque chose l'amusait, comme pour savourer son rire avant de le laisser fuser hors de ses lèvres : c'était aussi un battement très doux de ses paupières, lorsqu'elle était heureuse ou troublée...

14 The sight made him unhappy, and his unhappiness roused his latent fears. His wife had never shown any jealousy of Mattie, but of late she had grumbled increasingly over the house-work and found oblique ways of attracting attention to the girl's inefficiency. Zeena had always been what Starkfield called "sickly," and Frome had to admit that, if she were as ailing as she believed, she needed the help of a stronger arm than the one which lay so lightly in his during the night walks to the farm. Mattie had no natural turn for housekeeping, and her training had done nothing to remedy the defect. She was quick to learn, but forgetful and dreamy, and not disposed to take the matter seriously. Ethan had an idea that if she were to marry a man she was fond of the dormant instinct would wake, and her pies and biscuits become the pride of the county; but domesticity in the abstract did not interest her. At first she was so awkward that he could not help laughing at her; but she laughed with him and that made them better friends. He did his best to supplement her unskilled efforts, getting up earlier than usual to light the kitchen fire, carrying in the wood overnight, and neglecting the mill for the farm that he might help her about the house during the day. He even crept down on Saturday nights to scrub the kitchen floor after the women had gone to bed; and Zeena, one day, had surprised him at the churn and had turned away silently, with one of her queer looks.

14 Cette vue attristait le jeune homme, et son malheur réveillait ses craintes assoupies. Zeena n'avait jamais montré de jalousie à l'égard de Mattie, mais depuis quelque temps, et de plus en plus, elle se plaignait que sa besogne fût bien lourde. Sans en avoir l'air, elle profitait de toutes les occasions pour mettre en relief l'incapacité de la jeune fille. Zeena avait toujours été maladive, et Frome était bien obligé d'admettre que, si elle était vraiment aussi souffrante qu'elle le disait, il lui fallait, pour l'aider, un bras plus robuste que celui dont il sentait la légère pression durant les retours à la ferme. Évidemment, Mattie n'avait guère de dispositions naturelles pour la tenue d'une maison, et son éducation n'avait pas été pour remédier à ce défaut. Elle apprenait très vite, mais elle était oublieuse et rêvait volontiers. Et puis, elle n'était pas disposée à prendre sa tâche au sérieux. Ethan pensait souvent que l'instinct domestique de la jeune fille pouvait s'éveiller, et ses pâtés et ses pains sans levain devenir l'orgueil du pays... mais, les soins du ménage ne l'intéressaient guère en eux-mêmes. Le plus souvent elle y montrait tant de maladresse que lui-même ne pouvait s'empêcher de la taquiner ; mais elle riait alors avec lui, et ce rire en commun les rapprochait davantage. D'autre part, il faisait de son mieux pour suppléer à ses efforts. Il se levait de meilleure heure que jadis pour allumer le feu de la cuisine. La nuit venue, il rentrait le bois. Il négligeait même la scierie au profit de la ferme, pour aider Mattie dans la journée, et le samedi, dans la soirée, une fois les femmes endormies, il se glissait dans la cuisine pour laver par terre. Un jour, même, Zeena l'avait surpris à la baratte, et lui avait lancé, en s'en allant, un de ses coups d'œil énigmatiques.

15 Of late there had been other signs of her disfavour, as intangible but more disquieting. One cold winter morning, as he dressed in the dark, his candle flickering in the draught of the ill-fitting window, he had heard her speak from the bed behind him.

16 "The doctor don't want I should be left without anybody to do for me," she said in her flat whine.

17 He had supposed her to be asleep, and the sound of her voice had startled him, though she was given to abrupt explosions of speech after long intervals of secretive silence.

18 He turned and looked at her where she lay indistinctly outlined under the dark calico quilt, her high-boned face taking a grayish tinge from the whiteness of the pillow.

19 "Nobody to do for you?" he repeated.

20 "If you say you can't afford a hired girl when Mattie goes."

21 Frome turned away again, and taking up his razor stooped to catch the reflection of his stretched cheek in the blotched looking-glass above the wash-stand.

22 "Why on earth should Mattie go?"

23 "Well, when she gets married, I mean," his wife's drawl came from behind him.

24 "Oh, she'd never leave us as long as you needed her," he returned, scraping hard at his chin.

25 "I wouldn't ever have it said that I stood in the way of a poor girl like Mattie marrying a smart fellow like Denis Eady," Zeena answered in a tone of plaintive self-effacement.

26 Ethan, glaring at his face in the glass, threw his head back to draw the razor from ear to chin. His hand was steady, but the attitude was an excuse for not making an immediate reply.

15 Récemment, Frome avait saisi d'autres indices de sa mauvaise humeur, aussi subtils et plus inquiétants. Par un matin rigoureux de cet hiver, comme il s'habillait à la lueur douteuse de la chandelle, il avait entendu derrière lui la voix de sa femme, qui était encore couchée :

16 — Le médecin trouve qu'on ne devrait pas me laisser ainsi, sans personne pour m'aider, — disait-elle.

17 Ethan l'avait crue endormie. Ces mots le surprirent, bien qu'il fût habitué à un flot de paroles succédant brusquement à de longs silences mystérieux.

18 Il se tourna vers le lit et la regarda, enfouie dans l'ombre, sous la courtepointe de calicot foncé. Son visage osseux avait sur la blancheur de l'oreiller une teinte terreuse.

19 — Personne pour vous aider ? ...

20 — Évidemment, si vous prétendez que nous ne pouvons pas engager une servante, lorsque Mattie sera partie !

21 Frome se détourna. Le rasoir en main, la joue tendue, il faisait effort pour se voir dans la mauvaise glace accrochée au-dessus de la toilette.

22 — Pourquoi diable partirait-elle ?

23 — Eh bien ! elle se mariera, sans doute ! — fit d'une voix traînante sa femme derrière lui.

24 Tout en grattant son menton, Frome répliqua :

— Oh ! je ne crois pas qu'elle nous quitte tant que vous aurez besoin d'elle.

25 — Je ne voudrais pourtant pas qu'on m'accusât d'empêcher une pauvre fille comme Mattie d'accepter un beau parti comme Denis Eady, — riposta l'autre, sur un ton de désintéressement dolent.

26 Ethan continuait à regarder son visage dans le miroir. Il rejeta sa tête en arrière et, d'une main assurée, passa lentement le rasoir de son oreille à son menton. La posture était une suffisante excuse pour ne pas répondre aussitôt.

27 "And the doctor don't want I should be left without anybody," Zeena continued. "He wanted I should speak to you about a girl he's heard about, that might come—"

28 Ethan laid down the razor and straightened himself with a laugh.

29 "Denis Eady! If that's all, I guess there's no such hurry to look round for a girl."

30 "Well, I'd like to talk to you about it," said Zeena obstinately.

31 He was getting into his clothes in fumbling haste. "All right. But I haven't got the time now; I'm late as it is," he returned, holding his old silver turnip-watch to the candle.

32 Zeena, apparently accepting this as final, lay watching him in silence while he pulled his suspenders over his shoulders and jerked his arms into his coat; but as he went toward the door she said, suddenly and incisively: "I guess you're always late, now you shave every morning."

27 — Du reste, le docteur ne comprend pas qu'on me laisse ainsi sans aucune aide, — continua Zeena. — Il m'a conseillé de vous proposer une fille dont quelqu'un lui a parlé, et qui pourrait venir…

28 Ethan posa le rasoir et se prit à rire :

29 — Denis Eady ! … S'il ne se présente que lui comme épouseur, je ne crois pas qu'il soit nécessaire de nous enquérir d'une servante.

30 — Peut-être ! mais je voulais vous en parler, — insista Zeena.

31 Ethan mettait ses habits en tâtonnant.

— Soit, mais je n'ai pas le temps de parler de cela maintenant. Je suis déjà bien assez en retard, — répondit-il, en consultant sous la chandelle sa vieille montre d'argent.

32 Zeena eut l'air d'accepter cette défaite. Elle retomba dans le silence, pendant qu'il jetait ses bretelles sur ses épaules et endossait sa veste. Mais, comme il se dirigeait vers la porte, elle lâcha sournoisement :

— Je ne m'étonne pas si vous êtes en retard ! … vous vous rasez tous les matins…

33 That thrust had frightened him more than any vague insinuations about Denis Eady. It was a fact that since Mattie Silver's coming he had taken to shaving every day; but his wife always seemed to be asleep when he left her side in the winter darkness, and he had stupidly assumed that she would not notice any change in his appearance. Once or twice in the past he had been faintly disquieted by Zenobia's way of letting things happen without seeming to remark them, and then, weeks afterward, in a casual phrase, revealing that she had all along taken her notes and drawn her inferences. Of late, however, there had been no room in his thoughts for such vague apprehensions. Zeena herself, from an oppressive reality, had faded into an insubstantial shade. All his life was lived in the sight and sound of Mattie Silver, and he could no longer conceive of its being otherwise. But now, as he stood outside the church, and saw Mattie spinning down the floor with Denis Eady, a throng of disregarded hints and menaces wove their cloud about his brain…

33 Cette boutade le déconcerta plus que toutes les vagues insinuations au sujet de Denis Eady. C'était un fait que depuis l'arrivée de Mattie Silver il avait pris l'habitude de se faire la barbe chaque jour. Mais Zeena semblait si bien dormir quand il se levait, dans l'obscurité des matins d'hiver! Il en était venu à s'imaginer, en toute naïveté, qu'elle n'observait pas ce changement. Cependant il aurait dû se méfier... Une fois ou deux, déjà, il avait été surpris de voir sa femme, après des de semaines de silence, faire allusion à certains faits que sur le moment elle n'avait pas paru remarquer. Ces derniers temps, néanmoins, il n'y avait pas eu place dans sa pensée pour de pareilles appréhensions: Zenna était devenue pour lui une ombre impalpable; toute sa vie était concentrée dans les yeux et les paroles de Mattie Silver, et il ne concevait pas qu'il pût en être autrement... Maintenant, debout dans les ténèbres, à la porte de l'église, il voyait Mattie qui dansait avec Eady, — et soudain une nuée de présages funestes et négligés s'abattait sur son bonheur...

II

1 As the dancers poured out of the hall Frome, drawing back behind the projecting storm-door, watched the segregation of the grotesquely muffled groups, in which a moving lantern ray now and then lit up a face flushed with food and dancing. The villagers, being afoot, were the first to climb the slope to the main street, while the country neighbours packed themselves more slowly into the sleighs under the shed.

2 "Ain't you riding, Mattie?" a woman's voice called back from the throng about the shed, and Ethan's heart gave a jump. From where he stood he could not see the persons coming out of the hall till they had advanced a few steps beyond the wooden sides of the storm-door; but through its cracks he heard a clear voice answer: "Mercy no! Not on such a night."

3 She was there, then, close to him, only a thin board between. In another moment she would step forth into the night, and his eyes, accustomed to the obscurity, would discern her as clearly as though she stood in daylight. A wave of shyness pulled him back into the dark angle of the wall, and he stood there in silence instead of making his presence known to her. It had been one of the wonders of their intercourse that from the first, she, the quicker, finer, more expressive, instead of crushing him by the contrast, had given him something of her own ease and freedom; but now he felt as heavy and loutish as in his student days, when he had tried to "jolly" the Worcester girls at a picnic.

II

1 Les danseurs sortaient de la salle, Frome se rejeta en arrière de la double porte. De sa cachette il assista à la séparation des groupes, emmitouflés de façon grotesque. De-ci, de-là, le reflet sautillant d'une lanterne éclairait un visage congestionné par la bonne chère et la danse. Les gens de Starkfield, venus à pied, étaient les premiers à gravir le raidillon qui menait à la Grande Rue, pendant que les fermiers des environs s'installaient dans leurs traîneaux.

2 — Vous ne voulez pas monter avec nous, Mattie? — cria une voix de femme dans la foule, sous le hangar.

Le cœur d'Ethan sursauta dans sa poitrine.

De l'endroit qu'il occupait, il ne pouvait voir ceux qui sortaient de la salle avant qu'ils eussent un peu dépassé le tambour de la porte. Il entendit répondre une voix claire:

— Eh! non, pas par une nuit pareille! ...

3 Mattie était donc là, tout à côté de lui: une planche mince les séparait. Dans un instant elle allait paraître, elle aussi, et les yeux de Frome, accoutumés à l'obscurité, la discerneraient entre toutes, aussi aisément qu'en plein jour. Un mouvement de timidité le fit reculer, encore, dans l'ombre. Il demeura là en silence, invisible. Il était lui-même tout surpris de cette gêne subite. Généralement, au contraire, bien qu'elle fût la plus vive, la plus fine, la plus « en dehors », elle lui avait communiqué un peu de son naturel et de son aisance. Mais ce soir il se sentait aussi gauche, aussi emprunté qu'au temps de ses études, lorsqu'il hasardait quelques plaisanteries timides avec les jeunes filles de Worcester, au bal.

4 He hung back, and she came out alone and paused within a few yards of him. She was almost the last to leave the hall, and she stood looking uncertainly about her as if wondering why he did not show himself. Then a man's figure approached, coming so close to her that under their formless wrappings they seemed merged in one dim outline.

5 "Gentleman friend gone back on you? Say, Matt, that's tough! No, I wouldn't be mean enough to tell the other girls. I ain't as low-down as that." (How Frome hated his cheap banter!) "But look at here, ain't it lucky I got the old man's cutter down there waiting for us?"

6 Frome heard the girl's voice, gaily incredulous: "What on earth's your father's cutter doin' down there?"

7 "Why, waiting for me to take a ride. I got the roan colt too. I kinder knew I'd want to take a ride to-night," Eady, in his triumph, tried to put a sentimental note into his bragging voice.

8 The girl seemed to waver, and Frome saw her twirl the end of her scarf irresolutely about her fingers. Not for the world would he have made a sign to her, though it seemed to him that his life hung on her next gesture.

9 "Hold on a minute while I unhitch the colt," Denis called to her, springing toward the shed.

10 She stood perfectly still, looking after him, in an attitude of tranquil expectancy torturing to the hidden watcher. Frome noticed that she no longer turned her head from side to side, as though peering through the night for another figure. She let Denis Eady lead out the horse, climb into the cutter and fling back the bearskin to make room for her at his side; then, with a swift motion of flight, she turned about and darted up the slope toward the front of the church.

11 "Good-bye! Hope you'll have a lovely ride!" she called back to him over her shoulder.

4 Il hésita ; Mattie sortit seule, puis s'arrêta à quelques pas de lui. Elle avait été à peu près la dernière à quitter la salle. Elle regardait autour d'elle avec inquiétude, étonnée qu'Ethan ne se montrât pas. Un homme se rapprocha d'elle, si près que sous leurs manteaux informes le groupe ne faisait plus qu'une lourde et noire silhouette.

5 — Est-ce que monsieur votre ami est parti sans vous ? Dites, Mattie, ce serait un peu fort... Mais soyez tranquille, je ne le dirai pas à vos petites camarades : je ne suis pas assez méchant pour cela... Et puis, tenez, j'ai eu la bonne idée d'amener le *cutter* de mon vieux : il nous attend.

6 Frome était exaspéré par ce ton goguenard, mais la voix de la jeune fille répondit, incrédule et gaie :

— Bonté du ciel ! qu'est-ce que vient faire ici le *cutter* de votre père ?

7 — Mais il m'attend pour faire un tour. J'ai sorti le poulain rouan. Je me doutais bien que nous aurions à nous promener ce soir, — fit Eady, essayant de mettre une note sentimentale dans sa voix de jeune coq.

8 Mattie semblait balancer. Frome vit qu'elle roulait le bout de son écharpe autour de ses doigts. Pour rien qu monde il n'eût bougé, mais il sentait toute son existence suspendue au prochain geste de la jeune fille.

9 — Attendez une minute : je vais détacher le poulain, — lui dit Denis, se dirigeant vers le traîneau.

10 Elle demeura immobile, le regardant s'éloigner, dans une attitude si calme que Frome, dans sa cachette, en souffrait profondément. Il observa que pas une seule fois elle ne tournait la tête, pour découvrir dans la nuit noire une autre silhouette. Elle laissa Denis Eady sortir le cheval, monter sur le traîneau et relever la peau d'ours pour lui faire place. Puis, brusquement, elle fit volte-face et courut vers la montée, dans la direction du portail de l'église.

11 — Au revoir ! bonne promenade ! — cria-t-elle.

12 Denis laughed, and gave the horse a cut that brought him quickly abreast of her retreating figure.

13 "Come along! Get in quick! It's as slippery as thunder on this turn," he cried, leaning over to reach out a hand to her.

14 She laughed back at him: "Good-night! I'm not getting in."

15 By this time they had passed beyond Frome's earshot and he could only follow the shadowy pantomime of their silhouettes as they continued to move along the crest of the slope above him. He saw Eady, after a moment, jump from the cutter and go toward the girl with the reins over one arm. The other he tried to slip through hers; but she eluded him nimbly, and Frome's heart, which had swung out over a black void, trembled back to safety. A moment later he heard the jingle of departing sleigh bells and discerned a figure advancing alone toward the empty expanse of snow before the church.

16 In the black shade of the Varnum spruces he caught up with her and she turned with a quick "Oh!"

17 "Think I'd forgotten you, Matt?" he asked with sheepish glee.

18 She answered seriously: "I thought maybe you couldn't come back for me."

19 "Couldn't? What on earth could stop me?"

20 "I knew Zeena wasn't feeling any too good to-day."

21 "Oh, she's in bed long ago." He paused, a question struggling in him. "Then you meant to walk home all alone?"

22 "Oh, I ain't afraid!" she laughed.

12 Denis se mit à rire. Il fouetta son cheval et rejoignit la jeune fille, qui avait pris de l'avance.

13 — Allons, voyons, grimpez vite! Ce coin glisse bigrement! fit-il, se penchant pour lui saisir la main.

14 Le rire de la jeune fille fusa de nouveau dans les ténèbres.

— Non, non, décidément! … Bonne nuit!

15 Pendant ce dialogue, ils avaient dépassé Frome, et celui-ci, ne pouvant plus entendre leurs propos, en était réduit à suivre la pantomime que jouaient leurs ombres sur la crête. Il vit Eady sauter de son *cutter* et s'avancer vers Mattie, en maintenant ses guides sur son bras: le jeune homme essaya d'atteindre une dernière fois Mattie. Mais elle l'évita par une retraite agile. Le cœur de Frome, qu'avait secoué une crainte mortelle, se reprit à battre régulièrement. Quelques secondes plus tard, il entendit tinter les grelots de l'attelage, qui s'éloignait. Puis il vit une silhouette isolée traverser la neige, devant l'église.

16 Sous l'ombre épaisse que projetaient les sapins de Varnum, il rejoignit Mattie, qui se retourna.

— Oh! — fit-elle, surprise.

17 — Vous croyiez donc que je vous avais oubliée? — demanda-t-il avec une joie enfantine.

18 Gravement elle répondit:

— Je pensais qu'il vous avait sans doute été impossible de venir me chercher.

19 — Impossible? … Et pourquoi?

20 — Zeena était mal en train aujourd'hui…

21 — Oh! il y a longtemps qu'elle est couchée…

Il s'arrêta, une question sur les lèvres:

— Alors, vous comptiez rentrer seule à la maison?

22 — Bah! je ne suis pas peureuse, — dit-elle en souriant.

23 They stood together in the gloom of the spruces, an empty world glimmering about them wide and grey under the stars. He brought his question out.

24 "If you thought I hadn't come, why didn't you ride back with Denis Eady?"

25 "Why, where were you? How did you know? I never saw you!"

26 Her wonder and his laughter ran together like spring rills in a thaw. Ethan had the sense of having done something arch and ingenious. To prolong the effect he groped for a dazzling phrase, and brought out, in a growl of rapture: "Come along."

27 He slipped an arm through hers, as Eady had done, and fancied it was faintly pressed against her side, but neither of them moved. It was so dark under the spruces that he could barely see the shape of her head beside his shoulder. He longed to stoop his cheek and rub it against her scarf. He would have liked to stand there with her all night in the blackness. She moved forward a step or two and then paused again above the dip of the Corbury road. Its icy slope, scored by innumerable runners, looked like a mirror scratched by travellers at an inn.

28 "There was a whole lot of them coasting before the moon set," she said.

29 "Would you like to come in and coast with them some night?" he asked.

30 "Oh, would you, Ethan? It would be lovely!"

31 "We'll come to-morrow if there's a moon."

23 Ils se tenaient tous deux dans l'ombre qui tombait des sapins. Il y avait autour d'eux une solitude infinie et grise, qui de déroulait dans le demi-clarté, sous les étoiles.

Ethan Frome insista :

24 — Si vous pensiez que je ne viendrais pas, pourquoi n'ètes-vous pas montée avec Denis Eady !

25 — Eh quoi ! ... Comment savez-vous ? ... Vous étiez là ? ... Je ne vous ai pas vu !

26 Le cri de surprise de Mattie et le rire de Frome se mêlèrent comme deux ruisseaux d'avril à la fonte des neiges. Ethan avait le sensation d'avoir fait quelque chose de très ingénieux. Afin de prolonger son effet, il chercha, un instant, une belle phrase... Puis, dans un brusque grognement d'allégresse :

— Allons, venez ! — dit-il.

27 Il coula son bras sous celui de Mattie, comme Eady avait essayé de le faire, et il crut sentir une légère pression. Tous deux demeuraient immobiles. Il faisait si noir sous les sapins que Frome pouvait à peine deviner la petite tête voisine de son épaule. Des envies lui venaient d'incliner sa joue pour la frôler contre l'écharpe. Il aurait voulu demeurer là toute la nuit avec Mattie, dans l'obscurité. Elle fit un pas ou deux, puis, de nouveau, ils s'arrêtèrent devant la descente rapide de Corbury. La côte gelée était striée d'innombrables traces de luges. On eût dit une glace d'auberge, rayée en tous sens par les voyageurs de passage.

28 — Avant le coucher de la lune il y avait ici beaucoup de lugeurs, — dit-elle.

29 — Ça vous amuserait de faire comme eux, un soir ? — demanda Frome.

30 — Oh ! Ethan, ce serait si bon !

31 — Eh bien ! c'est entendu. Nous viendrons demain, s'il y a de la lune...

32 She lingered, pressing closer to his side. "Ned Hale and Ruth Varnum came just as near running into the big elm at the bottom. We were all sure they were killed." Her shiver ran down his arm. "Wouldn't it have been too awful? They're so happy!"

33 "Oh, Ned ain't much at steering. I guess I can take you down all right!" he said disdainfully.

34 He was aware that he was "talking big," like Denis Eady; but his reaction of joy had unsteadied him, and the inflection with which she had said of the engaged couple "They're so happy!" made the words sound as if she had been thinking of herself and him.

35 "The elm is dangerous, though. It ought to be cut down," she insisted.

36 "Would you be afraid of it, with me?"

37 "I told you I ain't the kind to be afraid" she tossed back, almost indifferently; and suddenly she began to walk on with a rapid step.

38 These alterations of mood were the despair and joy of Ethan Frome. The motions of her mind were as incalculable as the flit of a bird in the branches. The fact that he had no right to show his feelings, and thus provoke the expression of hers, made him attach a fantastic importance to every change in her look and tone. Now he thought she understood him, and feared; now he was sure she did not, and despaired. To-night the pressure of accumulated misgivings sent the scale drooping toward despair, and her indifference was the more chilling after the flush of joy into which she had plunged him by dismissing Denis Eady. He mounted School House Hill at her side and walked on in silence till they reached the lane leading to the saw-mill; then the need of some definite assurance grew too strong for him.

32 Elle s'attarda, se serrant plus étroitement contre lui :

— Ned Hale et Ruth Varnum ont failli aller donner contre le gros orme, au bas de la pente... Tout le monde les croyait tués... (Ethan sentit courir un frisson le long du bras de Mattie.) Voyez-vous quel malheur ! ... Ils sont si heureux !

33 — Oh ! Ned Hale ne conduit pas très bien... Mais nous, je suis bien sûr qu'il ne nous arrivera rien, — dit-il dédaigneusement.

34 Il était étonné de s'entendre parler gras, comme Denis Eady. Mais le contentement l'avait si bien grisé qu'il n'était plus lui-même, et le ton sur lequel Mattie avait dit, en parlant des fiancés : « Il sont si heureux ! » lui avait donné l'impression qu'elle pensait à eux-mêmes.

35 — L'orme est dangereux pourtant, — répliqua Mattie : — on devrait le couper.

36 — Est-ce qu'il vous effrayerait, si vous étiez avec moi ?

37 — Je vous ai déjà dit que je n'avais jamais peur, — répondit-elle sur le ton de l'indifférence.

Et, tout à coup, elle avança d'un pas plus rapide.

38 Les sautes imprévues de son humeur faisaient le joie et le désespoir d'Ethan Frome. Les caprices de Mattie étaient innombrables comme les tours d'un oiseau sur la branche. Le fait qu'il n'avait pas le droit de montrer ses sentiments et de provoquer, par là même, l'expression de ceux de la jeune fille, l'entraînait à attacher une importance incalculable à chaque nuance de son regard et de ses paroles. Tantôt il se figurait qu'elle devinait son amour, et alors il tremblait ; tantôt il était certain qu'elle ne le comprenait pas, et alors il désespérait. Cette nuit même, le poids de toutes ces peines accumulées inclinait la balance du côté de désespoir, et il ressentait d'autant plus douloureusement l'indifférence de Mattie, après l'accès de joie que lui avait causé le renvoi de Denis Eady. Frome montait la School-House Hill auprès d'elle. Ils marchaient en silence, et ce silence dura jusqu'à ce qu'ils eurent

39 "You'd have found me right off if you hadn't gone back to have that last reel with Denis," he brought out awkwardly. He could not pronounce the name without a stiffening of the muscles of his throat.

40 "Why, Ethan, how could I tell you were there?"

41 "I suppose what folks say is true," he jerked out at her, instead of answering.

42 She stopped short, and he felt, in the darkness, that her face was lifted quickly to his. "Why, what do folks say?"

43 "It's natural enough you should be leaving us" he floundered on, following his thought.

44 "Is that what they say?" she mocked back at him; then, with a sudden drop of her sweet treble: "You mean that Zeena—ain't suited with me any more?" she faltered.

45 Their arms had slipped apart and they stood motionless, each seeking to distinguish the other's face.

46 "I know I ain't anything like as smart as I ought to be," she went on, while he vainly struggled for expression. "There's lots of things a hired girl could do that come awkward to me still—and I haven't got much strength in my arms. But if she'd only tell me I'd try. You know she hardly ever says anything, and sometimes I can see she ain't suited, and yet I don't know why." She turned on him with a sudden flash of indignation. "You'd ought to tell me, Ethan Frome—you'd ought to! Unless you want me to go too—"

gagné le sentier menant à la scierie. Alors il ne put résister au besoin d'avoir une explication précise.

39 — Vous m'auriez trouvé tout de suite, si vous n'étiez pas retournée danser avec Denis, — fit-il avec embarras.

Il lui était impossible de prononcer le nom sans une contraction de la gorge.

40 — Voyons, Ethan, comment pouvais-je savoir que vous étiez là?

41 — Après tout, ce que disent les gens est peut-être vrai, — continua-t-il, au lieu de lui répondre.

42 Elle s'arrêta court, et, dans l'obscurité, il sentit qu'elle s'était soudain tournée vers lui:

— Qu'est-ce qu'ils disent, les gens?

43 — Il serait assez naturel que vous nous quittiez, — reprit-il, insistant avec lourdeur, tout à sa pensée.

44 — C'est donc cela qu'ils disent?

Elle se moquait de lui, mais, subitement sa voix se prit à trembler:

—Zeena n'est pas contente de moi, n'est-ce pas?

45 Leurs bras s'étaient détachés. Ils se tenaient immobiles et s'efforçaient dans l'ombre d'apercevoir leur visage.

46 — Je sais bien que je ne suis pas aussi adroite qu'il le faudrait, — continua-t-elle, tandis qu'Ethan cherchait vainement ses mots. — Il y a beaucoup de choses qu'une servante pourrait faire, et dont je suis encore incapable. Je n'ai pas beaucoup de force dans les poignets. Mais si Zeena m'avait dirigée, j'aurais tâché... Au lieu de cela, vous savez comme elle parle peu... Quelquefois je sens bien qu'elle n'est pas satisfaite, mais je ne sais jamais pourquoi...

Elle regarda son compagnon avec une bouffée d'indignation soudaine.

— Vous devriez me le dire, vous, Ethan, vous le devriez... à moins que, vous aussi, vous n'ayez assez de moi! ...

47 Unless he wanted her to go too! The cry was balm to his raw wound. The iron heavens seemed to melt and rain down sweetness. Again he struggled for the all-expressive word, and again, his arm in hers, found only a deep "Come along."

48 They walked on in silence through the blackness of the hemlock-shaded lane, where Ethan's sawmill gloomed through the night, and out again into the comparative clearness of the fields. On the farther side of the hemlock belt the open country rolled away before them grey and lonely under the stars. Sometimes their way led them under the shade of an overhanging bank or through the thin obscurity of a clump of leafless trees. Here and there a farmhouse stood far back among the fields, mute and cold as a grave-stone. The night was so still that they heard the frozen snow crackle under their feet. The crash of a loaded branch falling far off in the woods reverberated like a musket-shot, and once a fox barked, and Mattie shrank closer to Ethan, and quickened her steps.

49 At length they sighted the group of larches at Ethan's gate, and as they drew near it the sense that the walk was over brought back his words.

50 "Then you don't want to leave us, Matt?"

51 He had to stoop his head to catch her stifled whisper: "Where'd I go, if I did?"

52 The answer sent a pang through him but the tone suffused him with joy. He forgot what else he had meant to say and pressed her against him so closely that he seemed to feel her warmth in his veins.

53 "You ain't crying are you, Matt?"

54 "No, of course I'm not," she quavered.

47 A moins qu'il n'ait assez d'elle, lui aussi ! ... Ce cri de détresse était comme un baume sur sa blessure saignante. Le ciel d'airain semblait fondre et se résoudre en bienfaisante rosée. Il s'efforça, encore une fois, de donner une forme à sa pensée, et de nouveau il ne trouva, son bras posé sur celui de Mattie, qu'à grommeler d'une voix sourde :

— Allons, venez...

48 Ils marchaient en silence dans le sentier qu'assombrissait l'épais rideau des sapins. La scierie faisait là-bas une tache noire sur le clair-obscur de la nuit, et la campagne apparaissait, solitaire et grise, sous les étoiles. Tantôt ils traversaient l'ombre d'une route encaissée, tantôt la pénombre légère que tissait un bosquet d'arbres défeuillés. De loin en loin, une ferme isolée se dressait parmi les champs, muette et froide comme une pierre tombale. La soirée était si calme qu'ils entendaient la neige gelée craquer sous leurs pas. Le bruit d'une branche morte qui tombait au loin retentissait parfois comme un coup de fusil. Un renard aboya, et Mattie se serra contre Ethan, pressant le pas.

49 Enfin ils reconnurent le buisson de mélèzes planté près de la barrière de la ferme. La promenade allait bientôt finir ; et, à cette idée, Frome recouvra brusquement la parole.

50 — Alors bien vrai, Mattie, vous n'avez pas envie de nous quitter ?

51 Il dût baisser la tête pour recueillir sa réponse.

— Si je m'en allais, Ethan, où irai-je ?

52 Ce mot, d'abord, lui déchira le cœur mais il ressentit une joie profonde de l'accent avec lequel Mattie l'avait prononcé. Il serra le bras de la jeune fille contre lui et oublia tout ce qu'il voulait lui dire d'autre. A ce contact, il crut sentir passer dans ses veines la vie même de sa compagne...

53 — Vous ne pleurez pas, Mattie ?

54 — Non, Ethan, — répondit-elle d'une voix douce.

55 They turned in at the gate and passed under the shaded knoll where, enclosed in a low fence, the Frome grave-stones slanted at crazy angles through the snow. Ethan looked at them curiously. For years that quiet company had mocked his restlessness, his desire for change and freedom. "We never got away—how should you?" seemed to be written on every headstone; and whenever he went in or out of his gate he thought with a shiver: "I shall just go on living here till I join them." But now all desire for change had vanished, and the sight of the little enclosure gave him a warm sense of continuance and stability.

56 "I guess we'll never let you go, Matt," he whispered, as though even the dead, lovers once, must conspire with him to keep her; and brushing by the graves, he thought: "We'll always go on living here together, and some day she'll lie there beside me."

57 He let the vision possess him as they climbed the hill to the house. He was never so happy with her as when he abandoned himself to these dreams. Half-way up the slope Mattie stumbled against some unseen obstruction and clutched his sleeve to steady herself. The wave of warmth that went through him was like the prolongation of his vision. For the first time he stole his arm about her, and she did not resist. They walked on as if they were floating on a summer stream.

55 Ils arrivaient à la ferme. Près de la barrière, sous les mélèzes, ils longèrent les tombes des Frome, encloses d'une petite palissade, et qui montraient, à travers la neige, leurs pierres rongées par le temps. Ethan les regarda avec curiosité, comme s'il ne les avait jamais vues. Tant d'années, ses morts avaient paru, dans leur silence paisible, railler son inquiétude, son désir de changement et d'indépendance! « Nous n'avons pu nous échapper, nous autres, — semblaient-ils dire ; — comment pourrais-tu t'en aller, toi ? … » Et, chaque fois qu'il passait la barrière, pour sortir ou pour entrer, il songeait en frissonnant : « Je continuerai à vivre ici jusqu'à ce que je les rejoigne… » Aujourd'hui, cependant, il n'aspirait plus à aucun départ, et la vue du petit enclos lui procurait une douce sensation de continuité, de stabilité.

56 — Nous ne vous laisserons jamais partir, Mattie! — murmura-t-il.

Et il pensait, en longeant les tombeaux : « Nous continuerons à vivre ensemble dans cette maison, et, quelque jour, elle reposera là, près de moi. »

57 Il se complut à cette vision tandis qu'ils montaient vers la maison. Jamais il ne se sentait aussi près de Mattie que lorsqu'il se livrait à ce rêve. Au milieu de la pente, elle butta sur quelque obstacle qu'elle n'avait pas vu, et se retint au bras d'Ethan pour rétablir son équilibre. La chaleur qui pénétra le jeune homme lui sembla comme le prolongement de son rêve. Pour la première fois, il mit son bras autour de la taille de Mattie, et elle ne se déroba point. Ils continuèrent à marcher, s'abandonnant au courant qui les emportait.

58 Zeena always went to bed as soon as she had had her supper, and the shutterless windows of the house were dark. A dead cucumber-vine dangled from the porch like the crape streamer tied to the door for a death, and the thought flashed through Ethan's brain: "If it was there for Zeena—" Then he had a distinct sight of his wife lying in their bedroom asleep, her mouth slightly open, her false teeth in a tumbler by the bed…

59 They walked around to the back of the house, between the rigid gooseberry bushes. It was Zeena's habit, when they came back late from the village, to leave the key of the kitchen door under the mat. Ethan stood before the door, his head heavy with dreams, his arm still about Mattie. "Matt—" he began, not knowing what he meant to say.

60 She slipped out of his hold without speaking, and he stooped down and felt for the key.

61 "It's not there!" he said, straightening himself with a start.

62 They strained their eyes at each other through the icy darkness. Such a thing had never happened before.

63 "Maybe she's forgotten it," Mattie said in a tremulous whisper; but both of them knew that it was not like Zeena to forget.

64 "It might have fallen off into the snow," Mattie continued, after a pause during which they had stood intently listening.

65 "It must have been pushed off, then," he rejoined in the same tone. Another wild thought tore through him. What if tramps had been there—what if…

58 Zeena Frome avait l'habitude de se coucher aussitôt après le repas du soir. Les fenêtres de la maison, sans auvents, étaient sombres. Au-dessus de la porte les tiges mortes d'une clématite pendaient comme l'écharpe de crêpe nouée au loquet pour annoncer une morte, et cette pensée : « Si c'était pour Zeena ! ... » vint à l'esprit d'Ethan. Puis il se figura nettement sa femme qui reposait endormie dans leur lit, la bouche un peu ouverte, son râtelier baignant dans un verre d'eau, sur la table de nuit...

59 Ils faisaient le tour par derrière la maison, entre les groseilliers raidis par le froid, afin d'entrer par la porte de la cuisine. Zeena avait coutume, lorsque son mari et Mattie rentraient tard du village, de laisser la clé de la cuisine sous le paillasson. Ethan s'arrêta devant la porte, la tête lourde de rêves. Son bras entourait encore la taille de Mattie.

— Mattie..., — commença-t-il, ne sachant pas ce qu'il allait dire.

60 Sans un mot, elle se dégagea doucement. Alors il se baissa pour chercher la clé.

61 — Elle n'est pas là, — dit-il, se redressant avec promptitude.

Ils tournaient leurs regards l'un vers l'autre, à travers la nuit glacée. Jamais pareille chose ne leur était advenue.

62 — Peut-être l'a-t-elle oubliée, — dit Mattie, d'une voix mal assurée.

63 Mais tous deux savaient bien que Zeena n'oubliait jamais.

64 — Ou bien est-elle tombée dans la neige ? — continua Mattie après un moment de silence, pendant lequel ils avaient prêté l'oreille.

65 — Il faudrait alors qu'on l'eût poussée, — répliqua Frome sur le même ton.

Une idée folle lui traversa la tête : « Si des chemineaux étaient passés par là, et si... »

66 Again he listened, fancying he heard a distant sound in the house; then he felt in his pocket for a match, and kneeling down, passed its light slowly over the rough edges of snow about the doorstep.

67 He was still kneeling when his eyes, on a level with the lower panel of the door, caught a faint ray beneath it. Who could be stirring in that silent house? He heard a step on the stairs, and again for an instant the thought of tramps tore through him. Then the door opened and he saw his wife.

68 Against the dark background of the kitchen she stood up tall and angular, one hand drawing a quilted counterpane to her flat breast, while the other held a lamp. The light, on a level with her chin, drew out of the darkness her puckered throat and the projecting wrist of the hand that clutched the quilt, and deepened fantastically the hollows and prominences of her high-boned face under its ring of crimping-pins. To Ethan, still in the rosy haze of his hour with Mattie, the sight came with the intense precision of the last dream before waking. He felt as if he had never before known what his wife looked like.

69 She drew aside without speaking, and Mattie and Ethan passed into the kitchen, which had the deadly chill of a vault after the dry cold of the night.

70 "Guess you forgot about us, Zeena," Ethan joked, stamping the snow from his boots.

71 "No. I just felt so mean I couldn't sleep."

72 Mattie came forward, unwinding her wraps, the colour of the cherry scarf in her fresh lips and cheeks. "I'm so sorry, Zeena! Isn't there anything I can do?"

66 Il recommença de prêter l'oreille, s'imaginant qu'il entendait du bruit à l'intérieur de la maison. Puis il chercha une allumette dans sa poche, et s'agenouillant, il promena doucement la flamme au-dessus de la neige amenée sur les marches. Il était encore à terre lorsque ses yeux aperçurent, en dessous de la porte, un mince rayon de lumière... Qui pouvait bien veiller dans la maison silencieuse ?

67 Quelqu'un descendait l'escalier, et, pour la seconde fois, l'idée des vagabonds l'assaillit... La porte s'ouvrit et il vit sa femme.

68 Dans l'encadrement noir de la cuisine, elle apparut anguleuse et grande, ramenant d'une main un couvre-lit de calicot matelassé sur sa maigre poitrine, tandis que de l'autre elle portait une lampe. La lumière, levée à la hauteur de son menton, éclairait sa gorge flasque et le poignet saillant de la main qui maintenait le châle improvisé. La flamme donnait un aspect fantômatique aux creux et aux reliefs de son visage osseux, encadré de papillotes. Ethan Frome était encore sous l'impression mystique l'heure passée avec Mattie : cette apparition, à ses yeux, avait la netteté aiguë du dernier rêve qui précède le réveil. Il lui semblait voir sa femme pour la première fois.

69 Zeena s'effaça silencieusement, et les deux promeneurs franchirent le seuil. L'humidité sépulcrale de la cuisine contrastait avec le froid sec de la nuit.

70 — Vous nous aviez oubliés, n'est-ce pas, Zeena ? — dit Ethan d'une voix enjouée, pendant qu'il ôtait la neige de ses chaussures.

71 — Non, mais je n'ai pas laissé la clé parce que j'étais sûre de ne pouvoir pas dormir.

72 Mattie s'avança, défaisant son manteau. Ses joues et ses lèvres fraîches avaient le ton de son écharpe cerise.

— Je suis désolée, Zeena... Ne puis-je pas vous être utile ?

73 "No; there's nothing." Zeena turned away from her. "You might 'a' shook off that snow outside," she said to her husband.

74 She walked out of the kitchen ahead of them and pausing in the hall raised the lamp at arm's-length, as if to light them up the stairs.

75 Ethan paused also, affecting to fumble for the peg on which he hung his coat and cap. The doors of the two bedrooms faced each other across the narrow upper landing, and to-night it was peculiarly repugnant to him that Mattie should see him follow Zeena.

76 "I guess I won't come up yet awhile," he said, turning as if to go back to the kitchen.

77 Zeena stopped short and looked at him. "For the land's sake—what you going to do down here?"

78 "I've got the mill accounts to go over."

79 She continued to stare at him, the flame of the unshaded lamp bringing out with microscopic cruelty the fretful lines of her face.

80 "At this time o' night? You'll ketch your death. The fire's out long ago."

81 Without answering he moved away toward the kitchen. As he did so his glance crossed Mattie's and he fancied that a fugitive warning gleamed through her lashes. The next moment they sank to her flushed cheeks and she began to mount the stairs ahead of Zeena.

82 "That's so. It is powerful cold down here," Ethan assented; and with lowered head he went up in his wife's wake, and followed her across the threshold of their room.

73 — Non, je n'ai besoin de rien, — répondit l'autre d'un ton bref, en lui tournant le dos. — Vous auriez pu décrotter vos chaussures dehors ! — fit-elle observer à son mari.

74 Elle sortit de la cuisine la première, et, s'arrêtant dans l'entrée, elle haussa la lampe à bout de bras pour éclairer l'escalier.

75 Ethan s'arrêta, lui aussi, au moment de monter. Il affectait de chercher la patère afin d'y accrocher son manteau et sa casquette. Il songeait que les portes des deux chambres à coucher se faisaient face sur l'étroit palier. Et ce soir, tout particulièment, il lui répugnait que Mattie le vit suivre sa femme…

76 — Je ne vais pas monter tout de suite, — dit-il, se détournant pour rentrer dans la cuisine.

77 Zeena le regarda, interdite :

— Pour l'amour du ciel, qu'est-ce que vous voulez encore faire ici, à cette heure ?

78 — Il faut que je vérifie les comptes de la scierie…

79 Elle continua de le regarder. La lumière crue de la lampe marquait avec une cruauté impitoyable les lignes maussades de son visage.

80 — A cette heure-ci ? Mais vous allez attraper le mort ! Le feu est éteint depuis longtemps.

81 Sans répondre, il se dirigea vers la porte. Mais, à ce moment, son regard croisa celui de Mattie, et il eut l'impression qu'un fugitif conseil luisait entre ses cils. Aussitôt ils s'abaissèrent sur ses joues roses, et elle commença de monter devant Zeena.

82 — C'est vrai, il fait effroyablement froid ici ! — balbutia Ethan. Et, la tête basse, il emboîta le pas derrière sa femme. Après elle, il franchit le seuil de leur chambre…

III

1 There was some hauling to be done at the lower end of the wood-lot, and Ethan was out early the next day.

2 The winter morning was as clear as crystal. The sunrise burned red in a pure sky, the shadows on the rim of the wood-lot were darkly blue, and beyond the white and scintillating fields patches of far-off forest hung like smoke.

3 It was in the early morning stillness, when his muscles were swinging to their familiar task and his lungs expanding with long draughts of mountain air, that Ethan did his clearest thinking. He and Zeena had not exchanged a word after the door of their room had closed on them. She had measured out some drops from a medicine-bottle on a chair by the bed and, after swallowing them, and wrapping her head in a piece of yellow flannel, had lain down with her face turned away. Ethan undressed hurriedly and blew out the light so that he should not see her when he took his place at her side. As he lay there he could hear Mattie moving about in her room, and her candle, sending its small ray across the landing, drew a scarcely perceptible line of light under his door. He kept his eyes fixed on the light till it vanished. Then the room grew perfectly black, and not a sound was audible but Zeena's asthmatic breathing. Ethan felt confusedly that there were many things he ought to think about, but through his tingling veins and tired brain only one sensation throbbed: the warmth of Mattie's shoulder against his. Why had he not kissed her when he held her there? A few hours earlier he would not have asked himself the question. Even a few minutes earlier, when they had stood alone outside the house, he would not have dared to think of kissing her. But since he had seen her lips in the lamplight he felt that they were his.

III

1 Le lendemain, Ethan avait une coupe à charger à l'extrémité la plus basse du taillis : il sortit de très bonne heure.

2 Cette aube d'hiver était transparente comme un cristal. Le soleil se levait tout rouge dans un ciel pur. A l'orée du bois les ombres s'étalaient, profondes et bleues. Par delà la scintillante blancheur des champs, les futaies lointaines s'estompaient en masses vaporeuses.

3 Frome aimait cette heure matinale, si paisible. A mesure que ses muscles s'assouplissaient pour la tâche quotidienne et que ses poumons aspiraient à longs traits l'air de la montagne, sa pensée devenait plus lucide.

Quand la porte de la chambre avait été refermée, Zeena et lui n'avait plus échangé la moindre parole. Sa femme avait compté quelques gouttes d'un médicament placé sur une chaise, à côté du lit ; puis, après les avoir bues et s'être enveloppé la tête d'un morceau de flanelle jaunie, elle s'était recouchée, le visage vers la muraille. Ethan s'était vivement déshabillé, puis avait soufflé la lampe, pour ne pas voir sa femme en s'allongeant auprès d'elle. Il avait entendu Mattie qui allait et venait ; la faible clarté de sa chandelle, traversant l'étroit palier, lui arrivait par-dessous la porte. Jusqu'à ce qu'elle s'éteignît, il avait tenu les yeux fixés sur cette lueur à peine visible.

La nuit complète avait alors de nouveau rempli la pièce. On n'entendait plus que la respiration asthmatique de Zeena. Dans le cerveau fatigué d'Ethan s'agitaient confusément toutes les inquiétudes de la journée, mais le souvenir pénétrant du jeune bras qui s'était appuyé contre le sien dominait tout. Pourquoi n'avait-il pas embrassé Mattie quand elle était ainsi près de lui ? … Quelques heures plus tôt, il ne se serait même pas posé la question. Quelques minutes même auparavant, alors qu'ils étaient tous deux hors de

4 Now, in the bright morning air, her face was still before him. It was part of the sun's red and of the pure glitter on the snow. How the girl had changed since she had come to Starkfield! He remembered what a colourless slip of a thing she had looked the day he had met her at the station. And all the first winter, how she had shivered with cold when the northerly gales shook the thin clapboards and the snow beat like hail against the loose-hung windows!

5 He had been afraid that she would hate the hard life, the cold and loneliness; but not a sign of discontent escaped her. Zeena took the view that Mattie was bound to make the best of Starkfield since she hadn't any other place to go to; but this did not strike Ethan as conclusive. Zeena, at any rate, did not apply the principle in her own case.

la maison, il n'aurait pas eu l'audace de songer à lui prendre un baiser. Mais depuis il avait vu ses lèvres à la clarté de la lampe, et il sentait qu'elles étaient siennes désormais.

4 Maintenant, dans la pleine lumière d'un beau matin, il retrouvait devant ses yeux le visage de Mattie. Et il lui semblait fait, ce visage, avec la pourpre du soleil et la pure blancheur de la neige.

Comme elle avait changé, la chère petite, depuis son arrivée à Starkfield ! Lorsqu'il était allé à sa rencontre, à la gare, il se le rappelait bien, elle lui était apparue si frêle et si blanche ! Et pendant tout le premier hiver, comme elle frissonnait quand les rafales du nord secouaient les planches minces de la maison, et que la neige chassait comme de la grêle contre les fenêtres mal closes !

5 Il avait eu peur qu'elle ne détestât cette rude vie de labeur dans le froid et la solitude. Mais pas un geste de mauvaise humeur ne lui avait échappé. Zeena estimait que Mattie, n'ayant aucun autre refuge, devait forcément s'accommoder de la situation. Mais Ethan ne jugeait pas l'explication aussi concluante. — Et, quoi qu'il en fût, pensait-il, Zeena elle-même n'avait jamais appliqué cette théorie à son propre cas.

6 He felt all the more sorry for the girl because misfortune had, in a sense, indentured her to them. Mattie Silver was the daughter of a cousin of Zenobia Frome's, who had inflamed his clan with mingled sentiments of envy and admiration by descending from the hills to Connecticut, where he had married a Stamford girl and succeeded to her father's thriving "drug" business. Unhappily Orin Silver, a man of far-reaching aims, had died too soon to prove that the end justifies the means. His accounts revealed merely what the means had been; and these were such that it was fortunate for his wife and daughter that his books were examined only after his impressive funeral. His wife died of the disclosure, and Mattie, at twenty, was left alone to make her way on the fifty dollars obtained from the sale of her piano. For this purpose her equipment, though varied, was inadequate. She could trim a hat, make molasses candy, recite "Curfew shall not ring to-night," and play "The Lost Chord" and a pot-pourri from "Carmen." When she tried to extend the field of her activities in the direction of stenography and book-keeping her health broke down, and six months on her feet behind the counter of a department store did not tend to restore it. Her nearest relations had been induced to place their savings in her father's hands, and though, after his death, they ungrudgingly acquitted themselves of the Christian duty of returning good for evil by giving his daughter all the advice at their disposal, they could hardly be expected to supplement it by material aid. But when Zenobia's doctor recommended her looking about for some one to help her with the house-work the clan instantly saw the chance of exacting a compensation from Mattie. Zenobia, though doubtful of the girl's efficiency, was tempted by the freedom to find fault without much risk of losing her; and so Mattie came to Starkfield.

6 Si le malheur avait enchaîné auprès d'eux la jeune fille, il en était d'autant plus désolé pour elle. Mattie Silver était la fille d'un cousin de Zenobia qui avait soulevé à la fois l'envie et l'admiration de toute la famille, en quittant la montagne pour une ville industrielle du Connecticut. Là, il avait épousé une jeune fille de Stamford et repris la droguerie florissante que tenait son beau-père. Par malheur, Orin Silver était un homme de grandes visées, et il était mort trop tôt pour prouver que la fin justifie les moyens. Ses livres avaient révélé trop clairement ce qu'avaient été ces moyens ; heureusement pour sa femme et sa fille, on ne les avait examinés qu'après ses obsèques émouvantes. Mrs. Silver était morte des suites de ces fâcheuses révélations. Mattie, à vingt ans, s'était donc trouvée seule pour faire son chemin dans la vie, avec les cinquante dollars que lui avait procurés la vente de son piano. Tout ce qu'elle savait faire, c'était chiffonner un chapeau, faire du *molasses candy*, réciter la fameuse poésie : *Le couvre-feu ne sonnera pas cette nuit*, jouer au piano *la Corde perdue* et un pot-pourri d'après *Carmen*. Quand elle essaya d'étendre le champ de son activité jusqu'à la sténographie et à la comptabilité, sa santé s'altéra, et six mois passés debout derrière le comptoir d'un magasin de nouveautés ne contribuèrent pas à la rétablir. Ses parents les plus proches avaient été amenés à placer leurs économies entre les mains de son père. Après sa mort, ils rendirent le bien pour le mal en prodiguant à la jeune fille tous les conseils dont ils disposaient ; mais il leur parut excessif de faire davantage, en y ajoutant matériellement. Toutefois, lorsque le médecin eût conseillé à Zeena de chercher quelqu'un pour l'aider aux travaux domestiques, la famille vit aussitôt l'occasion de tirer de Mattie une espèce de compensation. Mrs. Frome, bien qu'elle ne se fît guère d'illusions sur les capacités de sa jeune cousine, était séduite par la possibilité de la prendre en faute sans courir grand risque de la perdre. C'est ainsi que Mattie

7 Zenobia's fault-finding was of the silent kind, but not the less penetrating for that. During the first months Ethan alternately burned with the desire to see Mattie defy her and trembled with fear of the result. Then the situation grew less strained. The pure air, and the long summer hours in the open, gave back life and elasticity to Mattie, and Zeena, with more leisure to devote to her complex ailments, grew less watchful of the girl's omissions; so that Ethan, struggling on under the burden of his barren farm and failing saw-mill, could at least imagine that peace reigned in his house.

8 There was really, even now, no tangible evidence to the contrary; but since the previous night a vague dread had hung on his sky-line. It was formed of Zeena's obstinate silence, of Mattie's sudden look of warning, of the memory of just such fleeting imperceptible signs as those which told him, on certain stainless mornings, that before night there would be rain.

9 His dread was so strong that, man-like, he sought to postpone certainty. The hauling was not over till mid-day, and as the lumber was to be delivered to Andrew Hale, the Starkfield builder, it was really easier for Ethan to send Jotham Powell, the hired man, back to the farm on foot, and drive the load down to the village himself. He had scrambled up on the logs, and was sitting astride of them, close over his shaggy grays, when, coming between him and their streaming necks, he had a vision of the warning look that Mattie had given him the night before.

10 "If there's going to be any trouble I want to be there," was his vague reflection, as he threw to Jotham the unexpected order to unhitch the team and lead them back to the barn.

vint à Starkfield.

7 La façon qu'avait Zeena de prendre les gens en faute était silencieuse, mais elle n'en était pas moins décourageante. Pendant les premiers mois, Ethan, alternativement, brûla du désir de voir Mattie se révolter et trembla à la pensée de ce qui pouvait en résulter. Puis, les relations devinrent moins tendues. L'air pur et les longues heures d'été passées au dehors donnèrent du ressort à Mattie, et Zeena, ayant plus de temps à consacrer à ses maladies compliquées, se montra moins attentive aux oublis de la jeune fille. Alors Ethan, qui pliait sous le fardeau de sa ferme peu productive et de sa scierie trop peu moderne, put au moins s'imaginer que la paix régnait à son foyer.

8 En fait, rien de précis n'était venu démontrer le contraire. Mais depuis la nuit précédente Frome sentait vaguement qu'un danger menaçait son bonheur. C'était le silence obstiné de Zeena, c'était le coup d'œil que Mattie lui avait adressé pour l'avertir, c'était le souvenir de ces mille petits riens, pareils aux indices qui, par certaines matinées radieuses, font prévoir un temps pluvieux pour le soir.

9 Son angoisse était si forte que, semblable en ceci à tous les hommes, il s'efforça d'ajourner la certitude. Le transport du bois ne s'acheva qu'à midi, et, comme il devait être livré à Andrew Hale, l'entrepreneur de Starkfield, Ethan jugea plus simple de renvoyer à pied Jotham Powell, son charretier, jusqu'à la ferme, et de conduire lui-même le chargement au village. Frome avait déjà escaladé les planches et s'était assis dessus à califourchon, tout près de ses chevaux poilus. Soudain, entre ses yeux et leurs cous fumants, s'interposa la vision du regard inquiet que Mattie lui avait jeté la nuit précédente.

10 « Si quelque chose doit se passer, il faut que je sois là, en tout cas ! » — murmura-t-il en lui-même.... Et il lança à Jotham l'ordre de détacher l'attelage et de le ramener à l'écurie.

11 It was a slow trudge home through the heavy fields, and when the two men entered the kitchen Mattie was lifting the coffee from the stove and Zeena was already at the table. Her husband stopped short at sight of her. Instead of her usual calico wrapper and knitted shawl she wore her best dress of brown merino, and above her thin strands of hair, which still preserved the tight undulations of the crimping-pins, rose a hard perpendicular bonnet, as to which Ethan's clearest notion was that he had to pay five dollars for it at the Bettsbridge Emporium. On the floor beside her stood his old valise and a bandbox wrapped in newspapers.

12 "Why, where are you going, Zeena?" he exclaimed.

13 "I've got my shooting pains so bad that I'm going over to Bettsbridge to spend the night with Aunt Martha Pierce and see that new doctor," she answered in a matter-of-fact tone, as if she had said she was going into the store-room to take a look at the preserves, or up to the attic to go over the blankets.

14 In spite of her sedentary habits such abrupt decisions were not without precedent in Zeena's history. Twice or thrice before she had suddenly packed Ethan's valise and started off to Bettsbridge, or even Springfield, to seek the advice of some new doctor, and her husband had grown to dread these expeditions because of their cost. Zeena always came back laden with expensive remedies, and her last visit to Springfield had been commemorated by her paying twenty dollars for an electric battery of which she had never been able to learn the use. But for the moment his sense of relief was so great as to preclude all other feelings. He had now no doubt that Zeena had spoken the truth in saying, the night before, that she had sat up because she felt "too mean" to sleep: her abrupt resolve to seek medical advice showed that, as usual, she was wholly absorbed in her health.

11 Lentement, à travers la neige amollie, les deux hommes revinrent à la maison. Quand ils entrèrent dans la cuisine, Mattie retirait le café de dessus le fourneau ; Zeena était déjà attablée. Ethan s'arrêta court en la voyant. Au lieu de son peignoir habituel de percale foncée et de son châle en tricot, elle avait mis sa belle robe brune de mérinos. Sur ses minces touffes de cheveux, qui gardaient encore les ondulations des épingles à friser, se dressait un monumental chapeau à brides. Frome le connaissait bien, car il l'avait payé cinq dollars chez le marchand de nouveautés de Bettsbridge. Sur le plancher, à côté de sa femme, était posée sa vieille valise et un carton enveloppé dans un journal.

12 — Où allez-vous donc, Zeena ? — lui dit-il.

13 — Mes douleurs m'élancent si fort que je vais à Bettsbridge : je coucherai chez tante Martha Pierce et je verrai le nouveau docteur, — répondit-elle avec la même insouciance que si elle avait dit : « Je vais à la réserve jeter un coup d'œil sur les compotes », ou : « Je monte au grenier voir l'état des couvertures… »

14 Malgré les habitudes casanières de Zeena une décision aussi imprévue n'était pas sans précédent. Deux ou trois fois déjà elle avait empli la valise d'Ethan et était partie pour Bettsbridge, ou même pour Springfield, afin de consulter quelque nouveau docteur, et Frome avait acquis la terreur de semblables expéditions, qui lui coûtaient généralement gros. A chaque voyage, elle revenait chargée de remèdes coûteux, et sa dernière visite était demeurée mémorable par l'achat d'une batterie électrique qu'elle avait payée vingt dollars et dont elle n'avait jamais été capable d'apprendre le maniement. Pour l'instant, néanmoins, le soulagement qu'Ethan éprouvait était si grand qu'il l'emporta. Il ne doutait plus, à cette heure, que Zeena n'eût parlé sincèrement, la nuit précédente, en disant qu'elle était trop souffrante pour dormir. Sa résolution brusque d'aller consulter un médecin semblait montrer que,

15 As if expecting a protest, she continued plaintively; "If you're too busy with the hauling I presume you can let Jotham Powell drive me over with the sorrel in time to ketch the train at the Flats."

16 Her husband hardly heard what she was saying. During the winter months there was no stage between Starkfield and Bettsbridge, and the trains which stopped at Corbury Flats were slow and infrequent. A rapid calculation showed Ethan that Zeena could not be back at the farm before the following evening...

17 "If I'd supposed you'd 'a' made any objection to Jotham Powell's driving me over—" she began again, as though his silence had implied refusal. On the brink of departure she was always seized with a flux of words. "All I know is," she continued, "I can't go on the way I am much longer. The pains are clear away down to my ankles now, or I'd 'a' walked in to Starkfield on my own feet, sooner'n put you out, and asked Michael Eady to let me ride over on his wagon to the Flats, when he sends to meet the train that brings his groceries. I'd 'a' had two hours to wait in the station, but I'd sooner 'a' done it, even with this cold, than to have you say—"

18 "Of course Jotham'll drive you over," Ethan roused himself to answer. He became suddenly conscious that he was looking at Mattie while Zeena talked to him, and with an effort he turned his eyes to his wife. She sat opposite the window, and the pale light reflected from the banks of snow made her face look more than usually drawn and bloodless, sharpened the three parallel creases between ear and cheek, and drew querulous lines from her thin nose to the corners of her mouth. Though she was but seven years her husband's senior, and he was only twenty-eight, she was already an old woman.

suivant sa coutume, elle était uniquement préoccupée de sa santé.

15 Comme si elle attendait une protestation, elle continuait d'une voix plaintive :

— Si vous êtes trop occupé par le charriage, sans doute pourrez-vous au moins laisser Jotham Powell me conduire au train avec l'alezan.

16 Son mari l'écoutait à peine. Il était absorbé par un rapide calcul. Pendant l'hiver, il n'y avait pas de diligence entre Starkfield et Bettsbridge, et les trains qui s'arrêtaient à Corbury Flats étaient lents et rares : Zeena ne pourrait donc pas être de retour à la ferme avant le lendemain soir…

17 — Si j'avais pu penser que vous feriez une objection à ce que Jotham Powell me conduisît… — reprit-elle, comme si le silence de son mari impliquait un refus : sur le point de partir, elle devenait toujours loquace. — Tout ce que je sais, c'est que je ne peux pas vivre comme ça plus longtemps. Les douleurs sont maintenant descendues à mes chevilles… Autrement, j'aurais été à pied à Starkfield plutôt que de vous déranger, et j'aurais demandé à Michel Eady de me laisser monter sur le camion qui va chercher ses marchandises à la gare. J'aurais eu deux heures à attendre mon train, mais j'aurais mieux aimé cela, même par ce froid, que de vous faire cette demande…

18 — Mais Jotham vous conduira ! — répondit Ethan.

Il venait de se rendre compte, subitement, qu'il regardait Mattie pendant que Zeena lui parlait, et il lui fallait faire effort pour tourner les yeux vers sa femme. Elle était assise face à la fenêtre, et le jour blafard renvoyé par la neige entassée devant la maison faisait paraître son visage plus livide encore et plus fatigué que de coutume. La lumière crue creusait les trois lignes parallèles entre l'oreille et la joue ; elle durcissait les rides qui partaient des narines pincées pour aboutir aux commissures des lèvres ; bien qu'elle eût tout

19 Ethan tried to say something befitting the occasion, but there was only one thought in his mind: the fact that, for the first time since Mattie had come to live with them, Zeena was to be away for a night. He wondered if the girl were thinking of it too…

20 He knew that Zeena must be wondering why he did not offer to drive her to the Flats and let Jotham Powell take the lumber to Starkfield, and at first he could not think of a pretext for not doing so; then he said: "I'd take you over myself, only I've got to collect the cash for the lumber."

21 As soon as the words were spoken he regretted them, not only because they were untrue—there being no prospect of his receiving cash payment from Hale—but also because he knew from experience the imprudence of letting Zeena think he was in funds on the eve of one of her therapeutic excursions. At the moment, however, his one desire was to avoid the long drive with her behind the ancient sorrel who never went out of a walk.

22 Zeena made no reply: she did not seem to hear what he had said. She had already pushed her plate aside, and was measuring out a draught from a large bottle at her elbow.

23 "It ain't done me a speck of good, but I guess I might as well use it up," she remarked; adding, as she pushed the empty bottle toward Mattie: "If you can get the taste out it'll do for pickles."

24

juste trente-quatre ans, — six de plus que Frome, — Zeena était déjà une vieille femme.

19 Ethan essaya de trouver une phrase appropriée à la circonstance, mais un seul fait occupait son esprit : pour la première fois depuis que Mattie habitait avec eux, Zeena n'allait point passer la nuit à la maison. Il se demanda si la jeune fille y pensait, elle aussi…

20 L'idée lui vint que sa femme devait s'étonner qu'il ne lui offrît pas de la conduire lui-même aux Flats, laissant à Jotham Powell le soin de mener le chargement de bois à Starkfield : il chercha un prétexte à lui donner, mais ne le trouva pas sur l'instant. Ce fut au bout de quelques secondes seulement qu'il s'excusa :

— Je vous aurais conduite moi-même, mais il faut que je touche l'argent de ces bois.

21 A peine avait-il prononcé ces paroles qu'il les regretta. Non seulement elles étaient mensongères, car il était peu probable en effet que Hale le payât, mais encore il savait par expérience le danger de laisser supposer à Zeena une rentrée de fonds, à la veille d'une visite au médecin. Toutefois il ne pensait sur l'heure qu'à éviter le long tête-à-tête avec elle, derrière le vieux cheval traînard.

22 Zeena ne répondit pas. Elle sembla même ne pas avoir entendu les paroles de son mari. Elle avait déjà repoussé son assiette et versait une cuillerée d'une potion placée auprès d'elle.

23 — Ça ne m'a jamais fait grand bien, mais il vaut tout de même mieux vider le flacon, — remarqua-t-elle.

Et, poussant devant Mattie le récipient vide, elle ajouta :

— Si vous pouvez faire disparaître le goût, on s'en servira pour les pickles.

IV

1 As soon as his wife had driven off Ethan took his coat and cap from the peg. Mattie was washing up the dishes, humming one of the dance tunes of the night before. He said "So long, Matt," and she answered gaily "So long, Ethan"; and that was all.

2 It was warm and bright in the kitchen. The sun slanted through the south window on the girl's moving figure, on the cat dozing in a chair, and on the geraniums brought in from the door-way, where Ethan had planted them in the summer to "make a garden" for Mattie. He would have liked to linger on, watching her tidy up and then settle down to her sewing; but he wanted still more to get the hauling done and be back at the farm before night.

3 All the way down to the village he continued to think of his return to Mattie. The kitchen was a poor place, not "spruce" and shining as his mother had kept it in his boyhood; but it was surprising what a homelike look the mere fact of Zeena's absence gave it. And he pictured what it would be like that evening, when he and Mattie were there after supper. For the first time they would be alone together indoors, and they would sit there, one on each side of the stove, like a married couple, he in his stocking feet and smoking his pipe, she laughing and talking in that funny way she had, which was always as new to him as if he had never heard her before.

IV

1 Dès que sa femme fut partie, Ethan prit à la patère son chapeau et son manteau. Mattie lavait la vaisselle, tout en fredonnant un air de danse de la nuit précédente.

— Au revoir, Mattie, — dit-il.

Gaiement, elle répliqua :

— Au revoir, Ethan...

2 Un bon soleil chaud éclairait la cuisine. La lumière tombait de biais sur les mouvements de la jeune fille, sur le chat qui sommeillait près du poêle, et sur les géraniums en pots qu'Ethan avait plantés l'été précédent, pour « faire un jardin » à Mattie et qu'on avait rentrés l'hiver... Ethan aurait voulu rester là à regarder Mattie, tandis qu'elle terminait ses rangements et qu'elle s'installait à coudre près du feu. Mais il tenait davantage encore à charrier le bois afin de pouvoir rentrer à la ferme avant la nuit.

3 Jusqu'au village il continua de penser au retour. La cuisine n'était pas bien belle. Elle était plus « pimpante », mieux tenue, sans doute, aux jours de son enfance, quand sa mère s'en occupait ; mais lui-même s'étonnait de l'air confortable que l'absence de Zeena lui avait donné. Il se représentait l'aspect de la pièce, ce soir, lorsque Mattie et lui s'y trouveraient réunis après le souper... Pour la première fois, seuls, et toutes portes closes, ils s'installeraient de chaque côté du poêle, comme un vieux ménage. Ethan aurait la pipe à la bouche, les pieds en chaussettes tournés vers le feu, et Mattie rirait, bavarderait de ce babil si doux aux oreilles du jeune homme, qu'il croyait toujours l'entendre pour la première fois.

4 The sweetness of the picture, and the relief of knowing that his fears of "trouble" with Zeena were unfounded, sent up his spirits with a rush, and he, who was usually so silent, whistled and sang aloud as he drove through the snowy fields. There was in him a slumbering spark of sociability which the long Starkfield winters had not yet extinguished. By nature grave and inarticulate, he admired recklessness and gaiety in others and was warmed to the marrow by friendly human intercourse. At Worcester, though he had the name of keeping to himself and not being much of a hand at a good time, he had secretly gloried in being clapped on the back and hailed as "Old Ethe" or "Old Stiff"; and the cessation of such familiarities had increased the chill of his return to Starkfield.

5 There the silence had deepened about him year by year. Left alone, after his father's accident, to carry the burden of farm and mill, he had had no time for convivial loiterings in the village; and when his mother fell ill the loneliness of the house grew more oppressive than that of the fields. His mother had been a talker in her day, but after her "trouble" the sound of her voice was seldom heard, though she had not lost the power of speech. Sometimes, in the long winter evenings, when in desperation her son asked her why she didn't "say something," she would lift a finger and answer: "Because I'm listening"; and on stormy nights, when the loud wind was about the house, she would complain, if he spoke to her: "They're talking so out there that I can't hear you."

4 Le charme qu'il éprouvait à évoquer ce tableau, et le soulagement de n'avoir plus à redouter une « histoire » avec Zeena, l'emplirent d'une gaîté débordante. Lui, si taciturne de nature, il se mit à siffler et à chanter à haute voix ; il sifflait et chantait à voix haute en conduisant son attelage à travers champs. Malgré les âpres hivers de Starkfield, un instinct de sociabilité sommeillait encore in lui. Grave et renfermé par tempérament, il admirait la témérité et la faconde chez les autres, et se sentait réchauffé jusqu'aux moelles lorsqu'il rencontrait de la sympathie. À Worcester, bien qu'il eût la réputation d'être peu expansif et de manquer d'entrain, il éprouvait toujours un plaisir secret lorsque quelque copain lui donnait une bourrade, en l'appelant « Mon vieux » ou « Vieil éteignoir » ; et, de retour à Starkfield, l'absence de ces familiarités n'avait pas été sans accroître son isolement.

5 D'année en année, le silence s'était fait plus profond autour de lui. Demeuré seul, après l'accident de son père, pour porter le double fardeau de la ferme et de la scierie, il n'avait pas eu le loisir de partager les flâneries, coupées d'arrêts au bar, des jeunes gens du village ; et quand sa mère tomba malade à son tour, la maison devint plus solitaire que les champs mêmes qui l'environnaient. La vielle Mrs. Frome avait été assez bavarde dans sa jeunesse, mais après son « attaque », bien qu'elle n'eût pas perdu l'usage de la parole, elle ne parla presque plus. Quelquefois, durant les interminables soirées d'hiver, si son fils, énervé par le silence, lui demandait pourquoi « elle ne disait pas quelque chose », elle levait un doigt et répondait : « Parce que j'écoute » ; et, certaines nuits d'ouragan, lorsque le vent hurlait autour de la maison, elle se plaignait de ne pouvoir entendre ce qu'Ethan lui disait « parce qu'*ils* faisaient tant de bruit au dehors ».

6 It was only when she drew toward her last illness, and his cousin Zenobia Pierce came over from the next valley to help him nurse her, that human speech was heard again in the house. After the mortal silence of his long imprisonment Zeena's volubility was music in his ears. He felt that he might have "gone like his mother" if the sound of a new voice had not come to steady him. Zeena seemed to understand his case at a glance. She laughed at him for not knowing the simplest sick-bed duties and told him to "go right along out" and leave her to see to things. The mere fact of obeying her orders, of feeling free to go about his business again and talk with other men, restored his shaken balance and magnified his sense of what he owed her. Her efficiency shamed and dazzled him. She seemed to possess by instinct all the household wisdom that his long apprenticeship had not instilled in him. When the end came it was she who had to tell him to hitch up and go for the undertaker, and she thought it "funny" that he had not settled beforehand who was to have his mother's clothes and the sewing-machine. After the funeral, when he saw her preparing to go away, he was seized with an unreasoning dread of being left alone on the farm; and before he knew what he was doing he had asked her to stay there with him. He had often thought since that it would not have happened if his mother had died in spring instead of winter…

6 Ce fut seulement à l'époque de la dernière maladie de Mrs. Frome, quand Zenobia Pierce vint de la vallée voisine pour aider son cousin à soigner la vieille femme, que l'on entendit résonner une voix humaine dans la maison. Après tant d'années de silence, la volubilité de la jeune fille fit à Ethan l'effet d'une musique. Il comprit alors qu'il aurait pu devenir comme sa mère si l'accent d'une parole sensée ne fût pas venu le remettre d'aplomb. Sa cousine parut comprendre son cas du premier coup. Elle s'étonnait, en riant, qu'il n'eût aucune notion des soins à donner à une malade ; elle lui ordonna de vaquer à ses affaires, en le priant de se décharger sur elle du reste.

Le seul fait de lui obéir, de reprendre le travail, et de retrouver des gens à qui parler, avait suffi pour l'équilibre d'Ethan, et il avait aussitôt voué une reconnaissance sans bornes à sa cousine. Les capacités de Zeena l'émerveillaient et l'humiliaient à la fois. Elle semblait posséder d'instinct des vertus ménagères que lui-même n'avait pu acquérir, malgré un long apprentissage. Lorsque Mrs. Frome mourut, ce fut Zeena qui fut obligée d'envoyer Ethan chez l'entrepreneur des pompes funèbres. Ce fut elle aussi qui trouva « bizarre » qu'il n'eût pas décidé par avance à qui il donnerait la garde robe et la machine à coudre de sa mère.

Après l'enterrement, quand Ethan avait vu sa cousine sur le point de repartir, une crainte irraisonnée de rester seul à la ferme l'avait saisi, et avant même d'avoir pu se rendre compte de ce qu'il faisait, il avait offert à Zeena de l'épouser. Depuis, il s'était souvent dit que la chose ne serait pas arrivée si la mort de sa mère était survenue au printemps, au lieu de l'hiver…

7 When they married it was agreed that, as soon as he could straighten out the difficulties resulting from Mrs. Frome's long illness, they would sell the farm and saw-mill and try their luck in a large town. Ethan's love of nature did not take the form of a taste for agriculture. He had always wanted to be an engineer, and to live in towns, where there were lectures and big libraries and "fellows doing things." A slight engineering job in Florida, put in his way during his period of study at Worcester, increased his faith in his ability as well as his eagerness to see the world; and he felt sure that, with a "smart" wife like Zeena, it would not be long before he had made himself a place in it.

8 Zeena's native village was slightly larger and nearer to the railway than Starkfield, and she had let her husband see from the first that life on an isolated farm was not what she had expected when she married. But purchasers were slow in coming, and while he waited for them Ethan learned the impossibility of transplanting her. She chose to look down on Starkfield, but she could not have lived in a place which looked down on her. Even Bettsbridge or Shadd's Falls would not have been sufficiently aware of her, and in the greater cities which attracted Ethan she would have suffered a complete loss of identity. And within a year of their marriage she developed the "sickliness" which had since made her notable even in a community rich in pathological instances. When she came to take care of his mother she had seemed to Ethan like the very genius of health, but he soon saw that her skill as a nurse had been acquired by the absorbed observation of her own symptoms.

7 En se mariant, ils étaient convenus qu'aussitôt après la liquidation des dettes causées par la longue maladie de Mrs. Frome, Ethan vendrait la ferme et la scierie pour tenter fortune dans une ville industrielle. Son amour de la nature n'impliquait pas en effet le goût de cultiver les champs : il avait toujours rêvé d'être ingénieur et de vivre dans une ville où il y aurait des cours, des bibliothèques, et « des gens qui font des choses ». Un modeste travail de mécanicien, qu'on l'avait envoyé exécuter en Floride, du temps de ses études à Worcester, l'avait convaincu de sa propre habileté et avait en même temps accru son désir ardent de voyager. De plus, il se figurait qu'avec une femme sachant se débrouiller comme la sienne, il ne tarderait pas à se créer une situation.

8 Le village natal de Zeena était légèrement plus important et plus rapproché du chemin de fer que Starkfield. Aussi n'avait-elle pas caché à son mari, dès le début de leur mariage, que la vie dans une ferme isolée ne réalisait guère le rêve qu'elle avait fait en l'épousant. Mais les acquéreurs furent lents à se présenter, et dans l'intervalle Ethan put se rendre compte de l'impossibilité de transplanter sa compagne. Zeena méprisait Starkfield, mais elle était incapable de vivre dans un endroit qui l'eût méprisé, elle. Même à Bettsbridge ou à Shadd's Falls elle n'eût pas pu jouer un rôle suffisamment important ; et dans les villes qui attiraient Ethan elle eût encouru une perte totale de sa personnalité.

D'ailleurs, moins d'un an après leur mariage, s'était développée la « nature maladive » qui lui avait donné depuis une certaine célébrité, même dans un pays où les cas pathologiques formaient un des principaux sujets de conversation. Quand elle était venue soigner la vieille Mrs. Frome, Ethan avait été séduit par l'air florissant de sa cousine ; mais il ne tarda pas à comprendre que son énergie comme garde-malade avait pour cause l'étude constante de son propre état.

9 Then she too fell silent. Perhaps it was the inevitable effect of life on the farm, or perhaps, as she sometimes said, it was because Ethan "never listened." The charge was not wholly unfounded. When she spoke it was only to complain, and to complain of things not in his power to remedy; and to check a tendency to impatient retort he had first formed the habit of not answering her, and finally of thinking of other things while she talked. Of late, however, since he had reasons for observing her more closely, her silence had begun to trouble him. He recalled his mother's growing taciturnity, and wondered if Zeena were also turning "queer." Women did, he knew. Zeena, who had at her fingers' ends the pathological chart of the whole region, had cited many cases of the kind while she was nursing his mother; and he himself knew of certain lonely farm-houses in the neighbourhood where stricken creatures pined, and of others where sudden tragedy had come of their presence. At times, looking at Zeena's shut face, he felt the chill of such forebodings. At other times her silence seemed deliberately assumed to conceal far-reaching intentions, mysterious conclusions drawn from suspicions and resentments impossible to guess. That supposition was even more disturbing than the other; and it was the one which had come to him the night before, when he had seen her standing in the kitchen door.

9 Puis, peu à peu, elle aussi était devenue silencieuse. Peut-être était-ce l'inévitable résultat de la vie à la ferme, ou encore, comme elle disait quelquefois, parce que son mari « n'écoutait jamais ». Ce reproche n'était pas tout à fait immérité. Quand Zeena parlait, ce n'était guère que pour se plaindre de choses auxquelles il ne pouvait remédier ; et pour vaincre une tendance naturelle à la riposte, il avait d'abord pris l'habitude de ne pas répondre, puis finalement de penser à autre chose durant ses discours. Cependant, depuis qu'il avait eu des raisons pour l'observer de plus près, le silence de Zeena avait commencé à l'inquiéter. Il s'était rappelé la taciturnité croissante de sa mère et il s'était demandé si sa femme n'allait pas devenir « bizarre » à son tour. Zeena, qui possédait sur le bout des doigts la carte pathologique de toute la région, avait souvent fait allusion, pendant qu'elle soignait Mrs. Frome, à d'autres cas similaires. Ethan, d'ailleurs, n'ignorait pas que dans plus d'une ferme isolée du voisinage on cachait de pauvres êtres qui dépérissaient de la même façon, et que dans d'autres la présence de ces malheureux avait amené de lamentables tragédies. Parfois, lorsqu'il regardait le visage morne de sa femme, il frissonnait, craignant pareil malheur ; parfois sa taciturnité lui semblait plutôt une attitude volontaire, dissimulant des intentions sournoises, de mystérieux desseins issus de soupçons et de rancunes impénétrables. Cette dernière supposition était la plus troublante ; c'était aussi celle qui s'était présentée à son esprit, la nuit précédente, lorsqu'il avait vu Zeena debout sur le seuil de la cuisine…

10 Now her departure for Bettsbridge had once more eased his mind, and all his thoughts were on the prospect of his evening with Mattie. Only one thing weighed on him, and that was his having told Zeena that he was to receive cash for the lumber. He foresaw so clearly the consequences of this imprudence that with considerable reluctance he decided to ask Andrew Hale for a small advance on his load.

11 When Ethan drove into Hale's yard the builder was just getting out of his sleigh.

12 "Hello, Ethe!" he said. "This comes handy."

13 Andrew Hale was a ruddy man with a big gray moustache and a stubbly double-chin unconstrained by a collar; but his scrupulously clean shirt was always fastened by a small diamond stud. This display of opulence was misleading, for though he did a fairly good business it was known that his easygoing habits and the demands of his large family frequently kept him what Starkfield called "behind." He was an old friend of Ethan's family, and his house one of the few to which Zeena occasionally went, drawn there by the fact that Mrs. Hale, in her youth, had done more "doctoring" than any other woman in Starkfield, and was still a recognised authority on symptoms and treatment.

14 Hale went up to the grays and patted their sweating flanks.

15 "Well, sir," he said, "you keep them two as if they was pets."

16 Ethan set about unloading the logs and when he had finished his job he pushed open the glazed door of the shed which the builder used as his office. Hale sat with his feet up on the stove, his back propped against a battered desk strewn with papers: the place, like the man, was warm, genial and untidy.

10 Néanmoins, le départ pour Bettsbridge l'avait une fois de plus rassuré, et toutes ses pensées se concentraient sur la soirée qu'il allait passer avec Mattie. Une seule chose le préoccupait encore : il avait dit à Zeena que son chargement de bois devait lui être payé, et il prévoyait si nettement les conséquences de ce mensonge qu'il se décida, non sans répugnance, à prier Andrew Hale de lui avancer quelque argent sur la livraison.

11 A son entrée dans la cour de l'entrepreneur il trouva celui-ci qui descendait de traîneau.

12 — Bonjour, Ethan, — lui dit Hale. — Vous arrivez bien…

13 Le visage rubicond d'Andrew Hale était barré d'une forte moustache grise. Aucun col ne gênait son double menton mal rasé, mais sa chemise, d'une blancheur sans tache, était toujours fermée par un petit bouton de diamant. Signe d'opulence du reste trompeur, car, bien qu'il fit d'assez belles affaires, on savait que ses goûts dispendieux et les exigences de sa nombreuse famille lui créaient souvent de « l'arriéré ».

Hale était un vieil ami de la famille Frome. Sa maison était l'une des rares que Zeena honorait quelquefois d'une visite, car la femme d'Andrew avait été dans sa jeunesse la malade la plus importante du village, et ce passé lui valait d'être considérée comme une autorité en matière de diagnostics et de remèdes.

14 Hale s'avança vers les chevaux et caressa leurs flancs en sueur.

15 — Bigre, mon vieux, vous soignez ces deux-là comme s'ils étaient vos propres enfants !

16 Ethan déchargea le bois. Sa besogne finie, il poussa la porte vitrée du hangar, que l'entrepreneur avait transformé en bureau. Hale était assis, les pieds sur le poêle, le dos appuyé contre un pupitre usé, couvert de papiers. La pièce ressemblait à son propriétaire : tout y était accueillant mais désordonné.

17 "Sit right down and thaw out," he greeted Ethan.

18 The latter did not know how to begin, but at length he managed to bring out his request for an advance of fifty dollars. The blood rushed to his thin skin under the sting of Hale's astonishment. It was the builder's custom to pay at the end of three months, and there was no precedent between the two men for a cash settlement.

19 Ethan felt that if he had pleaded an urgent need Hale might have made shift to pay him; but pride, and an instinctive prudence, kept him from resorting to this argument. After his father's death it had taken time to get his head above water, and he did not want Andrew Hale, or any one else in Starkfield, to think he was going under again. Besides, he hated lying; if he wanted the money he wanted it, and it was nobody's business to ask why. He therefore made his demand with the awkwardness of a proud man who will not admit to himself that he is stooping; and he was not much surprised at Hale's refusal.

20 The builder refused genially, as he did everything else: he treated the matter as something in the nature of a practical joke, and wanted to know if Ethan meditated buying a grand piano or adding a "cupolo" to his house; offering, in the latter case, to give his services free of cost.

21 Ethan's arts were soon exhausted, and after an embarrassed pause he wished Hale good day and opened the door of the office. As he passed out the builder suddenly called after him: "See here—you ain't in a tight place, are you?"

17 — Mettez-vous là et chauffez-vous, — dit-il à Ethan avec bonhomie.

18 Ethan ne savait trop comment présenter sa requête : après avoir vainement cherché une entrée en matière, il finit par demander à brûle-pourpoint une avance de cinquante dollars. Devant le geste de surprise de Hale, un flot de sang monta au visage du jeune homme. C'était l'habitude de l'entrepreneur de payer tous les trois mois, et il n'y avait pas de précédent entre eux d'un règlement au comptant.

19 Ethan sentit que s'il avait argué d'un besoin urgent, Hale eût peut-être trouvé moyen de le contenter. L'amour-propre et une instinctive prudence l'empêchaient d'avoir recours à cet argument. A la mort de son père il avait mis un certain temps à se tirer d'affaire, mais il avait eu la satisfaction de ne recourir ni à Andrew Hale ni à personne d'autre : à plus forte raison ne voulait-il pas, aujourd'hui, laisser supposer que sa situation était devenue moins bonne. Et puis il détestait le mensonge : s'il lui fallait de l'argent, il le lui fallait, et il n'avait pas d'explication à donner. C'est pourquoi il avait formulé sa demande avec la maladresse d'un homme orgueilleux, qui ne veut pas s'avouer qu'il s'abaisse. Le refus de Hale ne le surprit donc pas autrement.

20 L'entrepreneur se déroba avec sa rondeur habituelle. Il parla de l'affaire sur un ton de plaisanterie, demandant à Frome s'il avait l'intention d'acheter un piano à queue ou bien d'ajouter « une couple » à sa maison : « Dans ce cas, lui dit-il en riant, pour vous, je travaillerais gratis. »

21 Ethan fut vite à bout d'expédients, et après un instant de silence embarrassé, il se leva pour prendre congé. Comme il ouvrait la porte du bureau, Hale le rappela brusquement.

— Dites-moi… vous n'êtes pas sérieusement gêné, j'espère ?

22 “Not a bit,” Ethan’s pride retorted before his reason had time to intervene.

23 “Well, that’s good! Because I am, a shade. Fact is, I was going to ask you to give me a little extra time on that payment. Business is pretty slack, to begin with, and then I’m fixing up a little house for Ned and Ruth when they’re married. I’m glad to do it for ‘em, but it costs.” His look appealed to Ethan for sympathy. “The young people like things nice. You know how it is yourself: it’s not so long ago since you fixed up your own place for Zeena.”

24 Ethan left the grays in Hale’s stable and went about some other business in the village. As he walked away the builder’s last phrase lingered in his ears, and he reflected grimly that his seven years with Zeena seemed to Starkfield “not so long.”

25 The afternoon was drawing to an end, and here and there a lighted pane spangled the cold gray dusk and made the snow look whiter. The bitter weather had driven every one indoors and Ethan had the long rural street to himself. Suddenly he heard the brisk play of sleigh-bells and a cutter passed him, drawn by a free-going horse. Ethan recognised Michael Eady’s roan colt, and young Denis Eady, in a handsome new fur cap, leaned forward and waved a greeting. “Hello, Ethe!” he shouted and spun on.

22 — Mais non, pas du tout…

L'orgueil de Frome avait dicté sa réponse avant même que sa raison eût le temps d'intervenir.

23 — Dans ce cas, tout est pour le mieux, car moi-même je le suis un peu, et je voulais précisément vous demander un sursis pour le paiement. Les affaires ne marchent pas très fort, et puis je suis en train d'arranger une petite maison pour Ned et Ruth quand ils seront mariés. Je le fais avec plaisir, mais dame, ça coûte. Les jeunes gens aiment à être bien logés. Vous savez ça par vous-même. Il n'y a pas si longtemps que vous et Zeena vous êtes installés…

24 Frome remisa ses chevaux dans l'écurie d'Andrew Hale et alla au village pour une autre affaire. La dernière phrase de l'entrepreneur résonnait toujours à ses oreilles, et il songeait avec amertume que les sept années de son union avec Zeena paraissaient sans doute plus courtes aux gens de Starkfield qu'à lui-même.

25 L'après-midi touchait à sa fin. Déjà quelques vitres pailletaient de lueurs jaunes le crépuscule glacial et semblaient rendre la neige plus blanche encore. La température rigoureuse avait ramené chacun chez soi ; Ethan cheminait seul à travers la longue rue. Tout à coup il entendit un léger tintement de clochettes, et un *cutter* passa vivement près de lui. Il reconnut le poulain rouan de Michel Eady, que conduisait son fils, coiffé d'une nouvelle casquette de fourrure. Le jeune homme le salua d'un : « Bonjour, Ethan ! » et le dépassa au trot rapide de son cheval.

26 The cutter was going in the direction of the Frome farm, and Ethan's heart contracted as he listened to the dwindling bells. What more likely than that Denis Eady had heard of Zeena's departure for Bettsbridge, and was profiting by the opportunity to spend an hour with Mattie? Ethan was ashamed of the storm of jealousy in his breast. It seemed unworthy of the girl that his thoughts of her should be so violent.

27 He walked on to the church corner and entered the shade of the Varnum spruces, where he had stood with her the night before. As he passed into their gloom he saw an indistinct outline just ahead of him. At his approach it melted for an instant into two separate shapes and then conjoined again, and he heard a kiss, and a half-laughing "Oh!" provoked by the discovery of his presence. Again the outline hastily disunited and the Varnum gate slammed on one half while the other hurried on ahead of him. Ethan smiled at the discomfiture he had caused. What did it matter to Ned Hale and Ruth Varnum if they were caught kissing each other? Everybody in Starkfield knew they were engaged. It pleased Ethan to have surprised a pair of lovers on the spot where he and Mattie had stood with such a thirst for each other in their hearts; but he felt a pang at the thought that these two need not hide their happiness.

28 He fetched the grays from Hale's stable and started on his long climb back to the farm. The cold was less sharp than earlier in the day and a thick fleecy sky threatened snow for the morrow. Here and there a star pricked through, showing behind it a deep well of blue. In an hour or two the moon would push over the ridge behind the farm, burn a gold-edged rent in the clouds, and then be swallowed by them. A mournful peace hung on the fields, as though they felt the relaxing grasp of the cold and stretched themselves in their long winter sleep.

26 Le *cutter* allait dans la direction de la ferme des Frome, et le cœur d'Ethan se contracta en écoutant le son des grelots qui s'éloignaient... Il était très vraisemblable que Denis Eady, ayant appris le départ de Zeena pour Bettsbridge, profitait de l'occasion pour aller passer une heure auprès de Mattie... Ethan était honteux de la jalousie qui grondait dans son cœur. Il lui semblait offensant pour la jeune fille qu'il éprouvât à son égard des sentiments aussi violents.

27 Il continua son chemin jusqu'à l'église et entra dans l'ombre que projetaient les sapins des Varnum. C'était l'endroit même où il avait rejoint Mattie la nuit précédente. A quelques pas devant lui, il aperçut, dans la pénombre, la vague silhouette d'un couple enlacé. Il crut entendre un baiser; puis un « Oh ! », mi-rieur, mi-confus, lui apprit qu'on l'avait vu. Le couple se sépara brusquement et l'une des deux personnes se glissa par la grille du jardin des Varnum, tandis que l'autre continuait rapidement son chemin. Ethan sourit en pensant au trouble que son approche avait causé aux amoureux... Qu'est-ce que cela pouvait bien faire à Ned Hale et à Ruth Varnum qu'on les vît s'embrassant ? Tout le monde savait leurs fiançailles. Il lui plut de les avoir surpris ainsi à l'endroit même où, la veille, Mattie et lui avaient senti leurs cœurs si proches l'un de l'autre ; puis il songea avec un retour de tristesse que Ned et Ruth n'avaient pas besoin, eux, de cacher leur bonheur...

28 Il sortit ses chevaux de l'écurie de Hale et reprit le chemin de la ferme. Le froid était moins âpre que pendant le jour ; de gros nuages moutonneux annonçaient une nouvelle tombée de neige pour le lendemain. De ci, de là, une étoile perçait la nuit et creusait alentour une profondeur bleuissante. Dans une heure ou deux, la lune se lèverait au-dessus de la montagne, derrière la ferme ; elle s'ouvrirait un chemin doré à travers les nuages, puis serait de nouveau voilée par eux. Une paix mélancolique s'étendait sur les champs ; on

29 Ethan's ears were alert for the jingle of sleigh-bells, but not a sound broke the silence of the lonely road. As he drew near the farm he saw, through the thin screen of larches at the gate, a light twinkling in the house above him. "She's up in her room," he said to himself, "fixing herself up for supper"; and he remembered Zeena's sarcastic stare when Mattie, on the evening of her arrival, had come down to supper with smoothed hair and a ribbon at her neck.

30 He passed by the graves on the knoll and turned his head to glance at one of the older headstones, which had interested him deeply as a boy because it bore his name.

31 SACRED TO THE MEMORY OF Ethan FROME AND ENDURANCE HIS WIFE, WHO DWELLED TOGETHER IN PEACE FOR FIFTY YEARS.

32 He used to think that fifty years sounded like a long time to live together; but now it seemed to him that they might pass in a flash. Then, with a sudden dart of irony, he wondered if, when their turn came, the same epitaph would be written over him and Zeena.

33 He opened the barn-door and craned his head into the obscurity, half-fearing to discover Denis Eady's roan colt in the stall beside the sorrel. But the old horse was there alone, mumbling his crib with toothless jaws, and Ethan whistled cheerfully while he bedded down the grays and shook an extra measure of oats into their mangers. His was not a tuneful throat—but harsh melodies burst from it as he locked the barn and sprang up the hill to the house. He reached the kitchen-porch and turned the door-handle; but the door did not yield to his touch.

eût dit que la diminution du froid leur causait un soulagement, et qu'ils s'assoupissaient plus mollement, de leur long sommeil d'hiver.

29 L'oreille d'Ethan guettait le tintement des clochettes de Eady, mais aucun bruit ne troublait le silence de la route déserte. En approchant de la ferme il aperçut, à travers le léger rideau de mélèzes, une lumière qui tremblotait au loin à une des fenêtres. « Elle est là-haut, pensa-t-il. Elle se prépare pour le souper... » Puis il se rappela le coup d'œil railleur que Zeena avait eu, lorsque, le soir de son arrivée, Mattie s'était mise à table, les cheveux lissés, un ruban autour du cou...

30 Il passa près du petit monticule enclos, et jeta un regard sur une des plus vieilles pierres tombales. Dans son enfance, il la regardait souvent parce qu'elle portait son nom :

31 CI-GISENT
Ethan FROME ET SA FEMME ENDURANCE,
QUI VÉCURENT ENSEMBLE EN PAIX
PENDANT CINQUANTE ANS

32 Souvent, depuis lors, il s'était dit que cinquante ans c'était un bien long temps pour vivre côte à côte ; mais aujourd'hui il comprenait que ce temps pouvait s'écouler avec la rapidité de l'éclair... Puis, dans un soudain accès d'ironie, il songea que pareille inscription serait peut-être placée quelque jour sur leur tombeau, à Zeena et à lui...

33 Il ouvrit la porte de l'écurie et avança la tête dans l'obscurité. Il éprouvait la vague appréhension de trouver là le poulain de Denis Eady, installé à côté de son cheval ; mais le vieil alezan était seul, mâchonnant son râtelier d'une bouche édentée. La joie de Frome fut si grande qu'en préparant la litière de ses bêtes il se mit à siffler, et qu'il versa dans les mangeoires une ration supplémentaire. Sa voix n'était pas particulièrement harmonieuse, mais de rudes mélodies s'échappèrent de son gosier tandis qu'il fermait l'écurie et montait la pente vers la maison. Il atteignit la porte de la

34 Startled at finding it locked he rattled the handle violently; then he reflected that Mattie was alone and that it was natural she should barricade herself at nightfall. He stood in the darkness expecting to hear her step. It did not come, and after vainly straining his ears he called out in a voice that shook with joy: "Hello, Matt!"

35 Silence answered; but in a minute or two he caught a sound on the stairs and saw a line of light about the door-frame, as he had seen it the night before. So strange was the precision with which the incidents of the previous evening were repeating themselves that he half expected, when he heard the key turn, to see his wife before him on the threshold; but the door opened, and Mattie faced him.

36 She stood just as Zeena had stood, a lifted lamp in her hand, against the black background of the kitchen. She held the light at the same level, and it drew out with the same distinctness her slim young throat and the brown wrist no bigger than a child's. Then, striking upward, it threw a lustrous fleck on her lips, edged her eyes with velvet shade, and laid a milky whiteness above the black curve of her brows.

37 She wore her usual dress of darkish stuff, and there was no bow at her neck; but through her hair she had run a streak of crimson ribbon. This tribute to the unusual transformed and glorified her. She seemed to Ethan taller, fuller, more womanly in shape and motion. She stood aside, smiling silently, while he entered, and then moved away from him with something soft and flowing in her gait. She set the lamp on the table, and he saw that it was carefully laid for supper, with fresh dough-nuts, stewed blueberries and his favourite pickles in a dish of gay red glass. A bright fire glowed in the stove and the cat lay stretched before it, watching the table with a drowsy eye.

cuisine et tenta en vain de l'ouvrir.

34 Etonné, il secoua violemment le loquet ; puis il réfléchit : « Mattie est seule… Il est naturel qu'elle se soit enfermée à la nuit. » Il écoutait dans l'obscurité, guettant le son d'un pas… Après avoir de nouveau tendu l'oreille, il cria d'une voix joyeuse :

— Holà ! Mattie ! …

35 Il n'y eut aucune réponse ; mais un instant après il entendit un léger bruit dans l'escalier et vit sous la porte un rayon lumineux. La fidélité avec laquelle les incidents de la veille se répétaient le frappait à ce point qu'il s'imagina presque, lorsque la clef tourna, que sa femme allait surgir devant lui, enveloppée dans son couvre-lit de calicot… La porte s'ouvrit, et ce fut Mattie qui parut…

36 Elle se tenait exactement comme Zeena, dans le cadre sombre de la cuisine. La lampe, maintenue à la même hauteur, éclairait avec la même netteté la gorge ronde de la jeune fille et son poignet ambré, menu comme celui d'un enfant. Puis elle éleva la lampe et la lumière aviva l'éclat de ses lèvres, mit autour de ses yeux une ombre veloutée, éclaira la blancheur laiteuse de son front au-dessus des longs sourcils noirs.

37 Mattie était habillée de sa robe habituelle de drap sombre. Elle ne portait pas de nœud au cou, mais dans sa chevelure elle avait disposé une torsade de ruban rouge. Cette marque de coquetterie charma Ethan comme un hommage rendu à ce que la situation avait d'exceptionnel. La jeune fille lui parut plus grande, plus svelte, plus complètement femme par l'allure et le geste. Elle l'accueillit avec un sourire silencieux, puis elle s'éloigna d'un pas souple et posa la lampe sur la table. Ethan vit alors que le couvert avait été soigneusement dressé pour le repas du soir. Il remarqua un plat de *doughnuts* une compote de *blueberries*, et, sur un beau plat de verre rouge, ses pickles préférés. Le chat, allongé devant le feu

38 Ethan was suffocated with the sense of well-being. He went out into the passage to hang up his coat and pull off his wet boots. When he came back Mattie had set the teapot on the table and the cat was rubbing itself persuasively against her ankles.

39 "Why, Puss! I nearly tripped over you," she cried, the laughter sparkling through her lashes.

40 Again Ethan felt a sudden twinge of jealousy. Could it be his coming that gave her such a kindled face?

41 "Well, Matt, any visitors?" he threw off, stooping down carelessly to examine the fastening of the stove.

42 She nodded and laughed "Yes, one," and he felt a blackness settling on his brows.

43 "Who was that?" he questioned, raising himself up to slant a glance at her beneath his scowl.

44 Her eyes danced with malice. "Why, Jotham Powell. He came in after he got back, and asked for a drop of coffee before he went down home."

45 The blackness lifted and light flooded Ethan's brain. "That all? Well, I hope you made out to let him have it." And after a pause he felt it right to add: "I suppose he got Zeena over to the Flats all right?"

46 "Oh, yes; in plenty of time."

47 The name threw a chill between them, and they stood a moment looking sideways at each other before Mattie said with a shy laugh. "I guess it's about time for supper."

clair qui flambait dans le poêle, surveillait la scène du coin de son œil à demi clos.

38 Une sensation de bien-être envahit brusquement Ethan. Il gagna l'entrée pour accrocher sa pelisse et retirer ses chaussures mouillées. Lorsqu'il revint, Mattie avait placé la théière sur la table et le chat se frottait familièrement contre sa jupe.

39 — Prends garde, Puss ! tu vas me faire tomber... — s'écria-t-elle, les yeux brillants.

40 Une fois encore, Frome se sentit mordu par une jalousie soudaine. Était-ce bien son retour qui donnait à la jeune fille ce visage radieux ?

41 — Personne n'est venu, Mattie ? — dit-il, en se baissant comme pour surveiller le fonctionnement du poêle.

42 Elle fit un signe de tête rieur.

— Si, une personne...

43 Le front d'Ethan se rembrunit.

— Qui donc ? — demanda-t-il, se relevant vivement, et la regardant à la dérobée.

44 Les yeux de Mattie pétillaient de malice :

— Eh, mon Dieu ! ... Jotham Powell... Il est entré en revenant de la gare et m'a demandé une tasse de café avant de retourner chez lui.

45 L'inquiétude de Frome se dissipa ; une chaleur subite inonda son cœur.

— C'est tout ? J'espère bien que vous la lui avez donnée ? ...

Puis il sentit qu'il était convenable d'ajouter :

— Il est arrivé à l'heure pour le train de Zeena ?

46 — Oh ! oui, largement.

47 Le nom de Zeena mit une gêne momentanée entre eux. Ils gardèrent le silence. Puis Mattie reprit, avec un air timide :

— Je pense qu'il est temps de se mettre à table.

48 They drew their seats up to the table, and the cat, unbidden, jumped between them into Zeena's empty chair. "Oh, Puss!" said Mattie, and they laughed again.

49 Ethan, a moment earlier, had felt himself on the brink of eloquence; but the mention of Zeena had paralysed him. Mattie seemed to feel the contagion of his embarrassment, and sat with downcast lids, sipping her tea, while he feigned an insatiable appetite for dough-nuts and sweet pickles. At last, after casting about for an effective opening, he took a long gulp of tea, cleared his throat, and said: "Looks as if there'd be more snow."

50 She feigned great interest. "Is that so? Do you suppose it'll interfere with Zeena's getting back?" She flushed red as the question escaped her, and hastily set down the cup she was lifting.

51 Ethan reached over for another helping of pickles. "You never can tell, this time of year, it drifts so bad on the Flats." The name had benumbed him again, and once more he felt as if Zeena were in the room between them.

52 "Oh, Puss, you're too greedy!" Mattie cried.

53 The cat, unnoticed, had crept up on muffled paws from Zeena's seat to the table, and was stealthily elongating its body in the direction of the milk-jug, which stood between Ethan and Mattie. The two leaned forward at the same moment and their hands met on the handle of the jug. Mattie's hand was underneath, and Ethan kept his clasped on it a moment longer than was necessary. The cat, profiting by this unusual demonstration, tried to effect an unnoticed retreat, and in doing so backed into the pickle-dish, which fell to the floor with a crash.

48 Ils s'assirent, et le chat, se faufilant entre eux, sauta sur la chaise de Zeena.

— Oh! Puss, quelle idée! … — s'écria Mattie, et tous deux se mirent à rire de nouveau.

49 Un moment auparavant, Ethan s'était senti en veine d'éloquence, mais l'évocation de Zeena l'avait glacé. La jeune fille, à son tour, sembla gagnée par le même embarras. Elle s'assit, les yeux baissés, buvant son thé à petites gorgées, tandis que Frome simula un appétit vorace pour les *doughnuts* et les pickles au sucre. Enfin, après avoir longtemps cherché une entrée en matière, il avala une lampée de thé, et dit:

— On croirait qu'il va encore neiger.

50 Elle feignit de s'intéresser vivement à cette nouvelle.

— Vraiment? Pensez-vous que cela puisse empêcher Zeena de rentrer?

Elle rougit comme si la question lui avait échappé malgré elle, et posa brusquement sa tasse.

51 Ethan, pour se donner une contenance, étendit sa main ver les pickles.

— A cette époque de l'année on ne sait jamais, — dit-il. — Les tourbillons de neige chassent dru, du côté des Flats…

Encore une fois le nom de Zeena l'avait paralysé. Il lui semblait que sa femme se trouvait dans la pièce, entre eux deux.

52 Brusquement Mattie poussa un cri:

— Oh, Puss, tu es trop gourmand!

53 Profitant de leur moment de gêne, le chat avait sauté de la chaise de Zeena sur la table. Sournoisement il allongea son long corps souple vers le pot de lait placé entre Ethan et Mattie. Tous deux se penchèrent en avant et leurs mains se rencontrèrent sur l'anse de la cruche. Celle de la jeune fille se trouvait en dessous et Ethan y appuya la sienne un peu plus longtemps qu'il n'était nécessaire. Le chat profita de ce

54 Mattie, in an instant, had sprung from her chair and was down on her knees by the fragments.

55 "Oh, Ethan, Ethan—it's all to pieces! What will Zeena say?"

56 But this time his courage was up. "Well, she'll have to say it to the cat, any way!" he rejoined with a laugh, kneeling down at Mattie's side to scrape up the swimming pickles.

57 She lifted stricken eyes to him. "Yes, but, you see, she never meant it should be used, not even when there was company; and I had to get up on the step-ladder to reach it down from the top shelf of the china-closet, where she keeps it with all her best things, and of course she'll want to know why I did it—"

58 The case was so serious that it called forth all of Ethan's latent resolution.

59 "She needn't know anything about it if you keep quiet. I'll get another just like it to-morrow. Where did it come from? I'll go to Shadd's Falls for it if I have to!"

60 "Oh, you'll never get another even there! It was a wedding present—don't you remember? It came all the way from Philadelphia, from Zeena's aunt that married the minister. That's why she wouldn't ever use it. Oh, Ethan, Ethan, what in the world shall I do?"

61 She began to cry, and he felt as if every one of her tears were pouring over him like burning lead. "Don't, Matt, don't—oh, don't!" he implored her.

manège pour essayer une prudente retraite, mais, en reculant, il mit la patte dans le beau plat en verre rouge qui contenait les pickles. Le plat tomba sur la plancher avec fracas.

54 D'un bond, Mattie avait quitté sa chaise et s'était agenouillée à côté de débris.

55 — Oh ! Ethan, Ethan... Le beau plat de Zeena est en morceaux ! Que dira-t-elle ?

56 Cet incident rendit à Frome tout son sang-froid.

— Il faudra qu'elle s'en prenne au chat, voilà tout, — répliqua-t-il en riant.

57 Il s'agenouilla à son tour auprès de Mattie et commença à ramasser les pickles épars. Mais elle tournait vers lui des yeux désolés.

— Vous savez bien qu'elle ne voulait jamais que l'on se servît de ce plat, même quand il y avait du monde. Il était sur la plus haute planche de l'armoire... Elle voudra savoir pourquoi j'ai été l'y dénicher... Pour l'atteindre il m'a fallu monter sur l'escabeau.

58 En présence d'un tel désastre Ethan fit appel à toute son énergie.

59 — Elle ne saura rien si vous vous tenez tranquille. J'irai demain acheter un plat semblable. D'où vient-il ? Au besoin je pousserai jusqu'à Shadd's Falls...

60 — Même à Shadd's Falls vous n'en trouverez jamais. C'était un cadeau de noces, vous ne vous souvenez pas ? Il a été envoyé de Philadelphie par la tante de Zeena qui a épousé le pasteur. C'est pourquoi elle ne voulait jamais s'en servir. Oh, Ethan, Ethan, que faire ?

61 Elle se mit à pleurer, et à chacune de ses larmes il croyait sentir tomber sur lui une goutte de plomb fondu.

— Je vous en prie, Mattie, je vous en prie, ne pleurez pas ainsi...

62 She struggled to her feet, and he rose and followed her helplessly while she spread out the pieces of glass on the kitchen dresser. It seemed to him as if the shattered fragments of their evening lay there.

63 "Here, give them to me," he said in a voice of sudden authority.

64 She drew aside, instinctively obeying his tone. "Oh, Ethan, what are you going to do?"

65 Without replying he gathered the pieces of glass into his broad palm and walked out of the kitchen to the passage. There he lit a candle-end, opened the china-closet, and, reaching his long arm up to the highest shelf, laid the pieces together with such accuracy of touch that a close inspection convinced him of the impossibility of detecting from below that the dish was broken. If he glued it together the next morning months might elapse before his wife noticed what had happened, and meanwhile he might after all be able to match the dish at Shadd's Falls or Bettsbridge. Having satisfied himself that there was no risk of immediate discovery he went back to the kitchen with a lighter step, and found Mattie disconsolately removing the last scraps of pickle from the floor.

66 "It's all right, Matt. Come back and finish supper," he commanded her.

67 Completely reassured, she shone on him through tear-hung lashes, and his soul swelled with pride as he saw how his tone subdued her. She did not even ask what he had done. Except when he was steering a big log down the mountain to his mill he had never known such a thrilling sense of mastery.

62 Elle se releva. Frome la suivit, désespéré, pendant qu'elle étalait sur le buffet les morceaux de verre. Il lui semblait que ces débris étaient comme le symbole de leur soirée manquée.

63 — Allons, donnez-les moi, — dit-il tout à coup.

64 Elle s'écarta, obéissant instinctivement au son autoritaire de sa voix.

— Oh Ethan, qu'allez-vous en faire?

65 Sans répondre, il rassembla les fragments dans sa large main et s'en fut vers l'antichambre. Il alluma un bout de chandelle, ouvrit l'armoire et tendant son bras jusqu'à la dernière planche, y plaça les morceaux, en ayant soin de les disposer de telle façon qu'il fût impossible de voir d'en bas que le plat était brisé. S'il recollait les débris dès le lendemain matin, des mois pourraient s'écouler avant que sa femme s'aperçût de l'accident; et d'ici là, du reste, il trouverait peut-être à remplacer le plat.

Convaincu que tout danger prochain était écarté il rentra dans la cuisine d'un pas plus léger. Mattie, inconsolable, recueillait les restes des pickles.

66 — Allons, Mattie, finissons de souper; tout est arrangé, — dit-il.

67 Rassurée, elle lui jeta un regard souriant à travers ses longs cils encore humides. Le cœur de Frome battait d'orgueil à la voir si soumise à sa parole. Elle ne lui demandait même pas ce qu'il avait fait…

Jamais, sauf lorsqu'il dirigeait la descente d'un grand tronc d'arbre du haut de la montagne, il n'avait éprouvé aussi pleinement la sensation d'être le maître…

V

1 They finished supper, and while Mattie cleared the table Ethan went to look at the cows and then took a last turn about the house. The earth lay dark under a muffled sky and the air was so still that now and then he heard a lump of snow come thumping down from a tree far off on the edge of the wood-lot.

2 When he returned to the kitchen Mattie had pushed up his chair to the stove and seated herself near the lamp with a bit of sewing. The scene was just as he had dreamed of it that morning. He sat down, drew his pipe from his pocket and stretched his feet to the glow. His hard day's work in the keen air made him feel at once lazy and light of mood, and he had a confused sense of being in another world, where all was warmth and harmony and time could bring no change. The only drawback to his complete well-being was the fact that he could not see Mattie from where he sat; but he was too indolent to move and after a moment he said: "Come over here and sit by the stove."

3 Zeena's empty rocking-chair stood facing him. Mattie rose obediently, and seated herself in it. As her young brown head detached itself against the patch-work cushion that habitually framed his wife's gaunt countenance, Ethan had a momentary shock. It was almost as if the other face, the face of the superseded woman, had obliterated that of the intruder. After a moment Mattie seemed to be affected by the same sense of constraint. She changed her position, leaning forward to bend her head above her work, so that he saw only the foreshortened tip of her nose and the streak of red in her hair; then she slipped to her feet, saying "I can't see to sew," and went back to her chair by the lamp.

V

1 Après souper, tandis que Mattie levait le couvert, Ethan alla donner un coup d'œil à l'étable. Puis il fit une dernière fois le tour de la maison.

Sous le ciel opaque la terre s'étendait muette et obscure. L'air était si calme que, de temps à autre, on percevait le bruit d'une masse de neige se détachant pesamment d'un arbre, là-bas, à l'orée du taillis.

2 Il revint à la cuisine. La scène était celle-là même qu'il avait imaginée le matin… Mattie avait rapproché la chaise de Ethan du poêle et s'était installée à coudre, auprès de la lampe. Il s'assit à son tour, tira sa pipe de sa poche et allongea ses pieds devant le feu. Le dur labeur de la journée au grand air le rendait à la fois paresseux et allègre. Il avait confusément la notion d'être dans un autre monde, où tout serait chaleur, harmonie et paix. La seule ombre à son parfait bonheur venait de ce qu'il ne pouvait apercevoir Mattie de sa place. Mais il était trop indolent pour se déranger ; et après un instant il lui dit : « Venez donc vous asseoir ici près du poêle. »

3 Et il désigna le fauteuil à bascules de Zeena, de l'autre côté de la cheminée. Mattie obéit et vint s'y asseoir. Ethan eut un moment d'émotion en voyant la fine tête brune appuyée contre le coussin bigarré que encadrait habituellement le visage décharné de sa femme. Un instant, il eut presque le sensation que la figure de Zeena s'était substituée à celle de l'intruse… Mattie sembla bientôt partager ce malaise. Elle changea de position, se penchant en avant, la tête sur son ouvrage. Frome ne discernait plus que la pointe de son nez, et le ruban rouge dans ses cheveux. Elle se leva presque aussitôt.

— Je n'y vois pas pour coudre, — dit-elle ; et elle alla se rasseoir auprès de la table.

4 Ethan made a pretext of getting up to replenish the stove, and when he returned to his seat he pushed it sideways that he might get a view of her profile and of the lamplight falling on her hands. The cat, who had been a puzzled observer of these unusual movements, jumped up into Zeena's chair, rolled itself into a ball, and lay watching them with narrowed eyes.

5 Deep quiet sank on the room. The clock ticked above the dresser, a piece of charred wood fell now and then in the stove, and the faint sharp scent of the geraniums mingled with the odour of Ethan's smoke, which began to throw a blue haze about the lamp and to hang its greyish cobwebs in the shadowy corners of the room.

6 All constraint had vanished between the two, and they began to talk easily and simply. They spoke of every-day things, of the prospect of snow, of the next church sociable, of the loves and quarrels of Starkfield. The commonplace nature of what they said produced in Ethan an illusion of long-established intimacy which no outburst of emotion could have given, and he set his imagination adrift on the fiction that they had always spent their evenings thus and would always go on doing so…

7 "This is the night we were to have gone coasting, Matt," he said at length, with the rich sense, as he spoke, that they could go on any other night they chose, since they had all time before them.

8 She smiled back at him. "I guess you forgot!"

9 "No, I didn't forget; but it's as dark as Egypt outdoors. We might go to-morrow if there's a moon."

10 She laughed with pleasure, her head tilted back, the lamplight sparkling on her lips and teeth. "That would be lovely, Ethan!"

4 Ethan prit le prétexte de remplir le poêle pour se lever, et quand il revint à son siège il le tourna de façon à voir le profil de la jeune fille, et la lumière de la lampe sur ses mains. Le chat, qui avait guetté tout ce va-et-vient d'un œil curieux, sauta sur le fauteuil de Zeena, s'y pelotonna, et posa sur tous deux son regard somnolent.

5 Un calme profond emplissait la cuisine. La pendule suspendue au-dessus du buffet faisait entendre son tic-tac. De temps à autre morceau de bois carbonisé s'écroulait dans le poêle, et le parfum âcre et subtil des géraniums se mélangeait à l'odeur du tabac. La fumée formait un brouillard bleu autour de la lampe et tissait ses toiles d'airaignée dans les coin obscurs de la pièce.

6 Entre Mattie et Ethan toute contrainte s'était dissipée. Ils parlaient maintenant avec aisance et simplicité, s'entretenant de choses quotidiennes, de la neige, de la soirée de la veille à l'église, des amours et des querelles de Starkfield. La banalité même de la causerie donnait à Ethan une illusion de longue intimité qu'aucune explosion sentimentale n'eût pu lui procurer. Il commençait à s'imaginer qu'ils avaient toujours passé leurs soirées ainsi, et que toute leur existence s'écoulerait de la même manière…

7 — C'est cette nuit que nous devions aller luger, — dit-il enfin, du ton tranquille de l'homme qui est sûr de pouvoir réaliser le lendemain ce qu'il ne fait pas le jour même.

8 Elle se tourna vers lui, souriante :

— Je me figurais que vous l'aviez oublié !

9 — Pas du tout… mais il fait trop noir. Nous pourrions y aller demain s'il y a de la lune.

10 La tête renversée en arrière, elle eut un rire joyeux qui fit jouer la lumière sur ses lèvres et ses dents.

— Ça m'amuserait tant, Ethan !

11 He kept his eyes fixed on her, marvelling at the way her face changed with each turn of their talk, like a wheat-field under a summer breeze. It was intoxicating to find such magic in his clumsy words, and he longed to try new ways of using it.

12 "Would you be scared to go down the Corbury road with me on a night like this?" he asked.

13 Her cheeks burned redder. "I ain't any more scared than you are!"

14 "Well, I'd be scared, then; I wouldn't do it. That's an ugly corner down by the big elm. If a fellow didn't keep his eyes open he'd go plumb into it." He luxuriated in the sense of protection and authority which his words conveyed. To prolong and intensify the feeling he added: "I guess we're well enough here."

15 She let her lids sink slowly, in the way he loved. "Yes, we're well enough here," she sighed.

16 Her tone was so sweet that he took the pipe from his mouth and drew his chair up to the table. Leaning forward, he touched the farther end of the strip of brown stuff that she was hemming. "Say, Matt," he began with a smile, "what do you think I saw under the Varnum spruces, coming along home just now? I saw a friend of yours getting kissed."

17 The words had been on his tongue all the evening, but now that he had spoken them they struck him as inexpressibly vulgar and out of place.

11 Il la regardait toujours, émerveillé de la façon dont, à chaque détour de leur causerie, sa figure changeait d'expression, comme un champ de blé qui ondule sous la brise. Il était grisé par l'effet magique que produisaient ses phrases maladroites, et il avait hâte d'en renouveler l'expérience.

12 — Vous n'auriez pas peur de descendre la côte de Corbury avec moi par une nuit pareille ?

13 Elle rougit.

— Pas plus que vous !

14 — Eh bien, moi-même, je n'oserais pas. Il y a un mauvais tournant tout en bas, à côté du grand orme. Il faut faire bien attention, sans quoi l'on donnerait en plein dedans.

Il jouissait de la sensation de protection et d'autorité que lui procurait le son de ses paroles. Pour prolonger et accroître cette sensation il ajouta :

— Après tout, nous sommes joliment bien ici…

15 Les paupières de Mattie s'abaissèrent, avec le mouvement qui était cher à Ethan.

— Oui, nous sommes bien ici, — murmura-t-elle.

16 Ces mots furent prononcés sur un ton si doux qu'Ethan sentit tressaillir son cœur. Il rapprocha sa chaise de celle de la jeune fille. Puis il posa sa pipe sur la table, et, se penchant en avant, toucha l'extrémité du lai d'étoffe brune que Mattie était en train d'ourler.

— Dites, Mattie, — commença-t-il en souriant, — savez-vous qui j'ai vu sous les sapins des Varnum, en rentrant, tout à l'heure ? Une de vos amies que se laissait embrasser.

17 Toute la soirée il avait eu ces mots sur les lèvres, mais maintenant qu'il les avait enfin prononcés, ils lui semblaient sots et déplacés au delà de toute expression.

18 Mattie blushed to the roots of her hair and pulled her needle rapidly twice or thrice through her work, insensibly drawing the end of it away from him. "I suppose it was Ruth and Ned," she said in a low voice, as though he had suddenly touched on something grave.

19 Ethan had imagined that his allusion might open the way to the accepted pleasantries, and these perhaps in turn to a harmless caress, if only a mere touch on her hand. But now he felt as if her blush had set a flaming guard about her. He supposed it was his natural awkwardness that made him feel so. He knew that most young men made nothing at all of giving a pretty girl a kiss, and he remembered that the night before, when he had put his arm about Mattie, she had not resisted. But that had been out-of-doors, under the open irresponsible night. Now, in the warm lamplit room, with all its ancient implications of conformity and order, she seemed infinitely farther away from him and more unapproachable.

20 To ease his constraint he said: "I suppose they'll be setting a date before long."

21 "Yes. I shouldn't wonder if they got married some time along in the summer." She pronounced the word married as if her voice caressed it. It seemed a rustling covert leading to enchanted glades. A pang shot through Ethan, and he said, twisting away from her in his chair: "It'll be your turn next, I wouldn't wonder."

22 She laughed a little uncertainly. "Why do you keep on saying that?"

23 He echoed her laugh. "I guess I do it to get used to the idea."

18 Mattie rougit jusqu'à la racine de ses cheveux. Deux ou trois fois, elle poussa rapidement son aiguille à travers son ouvrage, et retira imperceptiblement le lai qu'Ethan frôlait.

— C'était Ruth et Ned sans doute, — dit-elle à mi-voix, comme si subitement ils avaient abordé un sujet grave.

19 Ethan s'était figuré que son allusion ouvrirait le champ aux plaisanteries d'usage, et que celles-ci pourraient peut-être provoquer quelque caresse innocente, ne fut-ce qu'un simple contact de la main. Maintenant, il lui semblait que la rougeur de la jeune fille la ceignait de feu. Il savait que la plupart des jeunes gens trouvent tout simple de donner un baiser à une jolie fille; il se souvenait que lui-même, la nuit précédente, il avait glissé son bras autour de la taille de Mattie sans que celle-ci lui résistât. Mais cela s'était passé dehors, à l'ombre de la nuit inconsciente. Près du foyer familial, dans cette pièce où tout rappelait l'ordre et le devoir, la jeune fille lui paraissait plus lointaine et plus inaccessible.

20 Pour rompre cette gêne, il dit:

— Ils se marieront bientôt, sans doute.

21 — Oui, je ne serais pas étonnée que le mariage eût lieu aux premiers jours de l'été.

Elle prononça, ce mot de « mariage » avec une inflexion si tendre que son accent évoqua la vision d'un bosquet frissonnant qui conduit à une clairière enchantée.

Ethan en éprouva une sourde douleur. Reculant sa chaise il lui dit:

— Ce serait bientôt votre tour que je n'en serais pas autrement surpris.

22 Elle rit, un peu gênée:

— Pourquoi répétez-vous toujours cela?

23 Il rit à son tour.

— Peut-être pour me faire à l'idée.

24 He drew up to the table again and she sewed on in silence, with dropped lashes, while he sat in fascinated contemplation of the way in which her hands went up and down above the strip of stuff, just as he had seen a pair of birds make short perpendicular flights over a nest they were building. At length, without turning her head or lifting her lids, she said in a low tone: "It's not because you think Zeena's got anything against me, is it?"

25 His former dread started up full-armed at the suggestion. "Why, what do you mean?" he stammered.

26 She raised distressed eyes to his, her work dropping on the table between them. "I don't know. I thought last night she seemed to have."

27 "I'd like to know what," he growled.

28 "Nobody can tell with Zeena." It was the first time they had ever spoken so openly of her attitude toward Mattie, and the repetition of the name seemed to carry it to the farther corners of the room and send it back to them in long repercussions of sound. Mattie waited, as if to give the echo time to drop, and then went on: "She hasn't said anything to you?"

29 He shook his head. "No, not a word."

30 She tossed the hair back from her forehead with a laugh. "I guess I'm just nervous, then. I'm not going to think about it any more."

31 "Oh, no—don't let's think about it, Matt!"

24 Il se rapprocha de nouveau de la table. Mattie s'était remise a coudre en silence, les paupières baissées. Ethan la regardait, perdu dans la contemplation de ses mains, qui allaient et venaient au-dessus du lai d'étoffe, comme deux oiseaux voltigeant su-dessus du nid qu'ils construisent. Au bout d'un moment, sans tourner la tête ni lever les yeux, elle reprit à voix basse :

— Vous ne croyez pas que Zeena m'en veuille ?

25 Les anciennes craintes de Frome se réveillèrent brusquement.

— Que voulez-vous dire ? — balbutia-t-il.

26 Elle lui jeta un regard inquiet et laissa choir son ouvrage sur la table.

— Je ne sais pas… La nuit dernière, j'ai eu cette impression.

27 — Je voudrais bien savoir de quel droit elle vous en voudrait, — grommela-t-il.

28 — On ne sait jamais avec Zeena…

C'était la première fois qu'ils parlaient si librement de la femme d'Ethan. La répétition de son nom sembla résonner aux quatre coins de la pièce et revenir vers eux en longues répercussions. Mattie attendit, comme pour laisser mourir l'écho ; puis elle continua :

— Elle ne vous a rien dit ?

29 Il fit un geste de dénégation.

— Pas un mot…

30 D'un vif mouvement elle rejeta les cheveux qui lui tombaient sur le front.

— Alors, c'est que je suis nerveuse… N'y pensons plus !

31 — Oh ! non…. n'y pensons plus, Mattie !

32 The sudden heat of his tone made her colour mount again, not with a rush, but gradually, delicately, like the reflection of a thought stealing slowly across her heart. She sat silent, her hands clasped on her work, and it seemed to him that a warm current flowed toward him along the strip of stuff that still lay unrolled between them. Cautiously he slid his hand palm-downward along the table till his finger-tips touched the end of the stuff. A faint vibration of her lashes seemed to show that she was aware of his gesture, and that it had sent a counter-current back to her; and she let her hands lie motionless on the other end of the strip.

33 As they sat thus he heard a sound behind him and turned his head. The cat had jumped from Zeena's chair to dart at a mouse in the wainscot, and as a result of the sudden movement the empty chair had set up a spectral rocking.

34 "She'll be rocking in it herself this time to-morrow," Ethan thought. "I've been in a dream, and this is the only evening we'll ever have together." The return to reality was as painful as the return to consciousness after taking an anaesthetic. His body and brain ached with indescribable weariness, and he could think of nothing to say or to do that should arrest the mad flight of the moments.

32 L'ardeur soudaine avec laquelle Frome avait prononcé ces paroles fit de nouveau affluer le sang aux joues de la jeune fille. Cette fois elle ne rougit pas brusquement mais peu à peu, délicatement : on eût dit le reflet de la pensée qui lui traversait le cœur. Elle garda le silence, ses mains croisées sur son ouvrage, et il sembla à Ethan qu'un courant de chaleur se dégageait de la bande d'étoffe déroulée entre eux.

Il étendit sa main avec précaution, jusqu'à ce que l'extrémité de ses doigts eût atteint le bout le plus rapproché de l'étoffe. Un léger battement de cils de Mattie parut indiquer qu'elle avait perçu le geste et que la main du jeune homme lui renvoyait la même onde de chaleur… Elle laissa ses mains à elle reposer, immobiles, sur l'autre bout du pan de drap brun.

33 Tandis qu'ils demeuraient ainsi, Frome entendit un bruit derrière lui. Il tourna la tête et vit le chat qui avait sauté de fauteuil à bascule de Zeena à la poursuite d'une souris derrière le lambris. Ce balancement spectral du siège vide le fit frissonner.

34 « *Elle* s'y balancera demain à nouveau », pensa-t-il. « C'est un rêve que j'ai fait… Cette soirée est la seule que je passerai jamais en tête à tête avec Mattie… »

Ce retour à la réalité était aussi douloureux que le retour à la conscience après l'absorption d'un anesthésique. Son corps et son cerveau étaient écrasés sous le poids d'une indicible tristesse. Il ne trouvait rien à dire ni à faire qui pût arrêter la fuite folle des instants.

35 His alteration of mood seemed to have communicated itself to Mattie. She looked up at him languidly, as though her lids were weighted with sleep and it cost her an effort to raise them. Her glance fell on his hand, which now completely covered the end of her work and grasped it as if it were a part of herself. He saw a scarcely perceptible tremor cross her face, and without knowing what he did he stooped his head and kissed the bit of stuff in his hold. As his lips rested on it he felt it glide slowly from beneath them, and saw that Mattie had risen and was silently rolling up her work. She fastened it with a pin, and then, finding her thimble and scissors, put them with the roll of stuff into the box covered with fancy paper which he had once brought to her from Bettsbridge.

36 He stood up also, looking vaguely about the room. The clock above the dresser struck eleven.

37 "Is the fire all right?" she asked in a low voice.

38 He opened the door of the stove and poked aimlessly at the embers. When he raised himself again he saw that she was dragging toward the stove the old soap-box lined with carpet in which the cat made its bed. Then she recrossed the floor and lifted two of the geranium pots in her arms, moving them away from the cold window. He followed her and brought the other geraniums, the hyacinth bulbs in a cracked custard bowl and the German ivy trained over an old croquet hoop.

39 When these nightly duties were performed there was nothing left to do but to bring in the tin candlestick from the passage, light the candle and blow out the lamp. Ethan put the candlestick in Mattie's hand and she went out of the kitchen ahead of him, the light that she carried before her making her dark hair look like a drift of mist on the moon.

35 L'altération de son humeur semblait s'être communiquée à Mattie. Elle leva sur lui des yeux voilés : on eût dit que le sommeil alourdissait ses paupières et qu'il lui en coutât de les soulever. Puis elle posa son regard sur la main de Frome, qui s'était emparé du bout d'étoffe et l'étreignait comme s'il eût été un peu d'elle-même. Il vit un tremblement à peine perceptible contracter le visage de Mattie, et sans savoir ce qu'il faisait, il baissa la tête et appuya ses lèvres sur l'étoffe. Tandis que sa bouche s'y attardait, il sentit que la jeune fille retirait le drap tout doucement. Puis il vit qu'elle se levait et commençait à replier son ouvrage. Elle l'attacha avec une épingle, et, ramassant son dé et ses ciseaux, elle remit le tout dans la boîte en carton peint qu'il lui avait rapportée un jour de Bettsbridge.

36 A son tour, Ethan se leva. Son regard fit machinalement le tour de la pièce. La pendule suspendue au mur sonna onze heures.

37 — N'oubliez pas de couvrir le feu, — lui dit Mattie à voix basse.

38 Il ouvrit la porte du poêle et tisonna les cendres d'une main distraite. Lorsqu'il se redressa, il la vit qui traînait vers le feu la vieille boîte à savon doublée d'un bout de carpette dans laquelle couchait le chat. Elle traversa à nouveau la chambre, prit dans chacun de ses bras un pot de géranium, et les éloigna de la fenêtre givrée. Ethan la suivit, portant les autres géraniums, les bulbes de jacinthe plantées dans une jatte de faïence ébréchée, et le lierre qui grimpait autour d'un vieil arceau de croquet.

39 Quand ces besognes quotidiennes furent accomplies, il ne restait plus qu'à chercher dans l'antichambre le bougeoir d'étain, à allumer la chandelle et à souffler la lampe. Ethan tendit le bougeoir à Mattie, et elle sortit de la cuisine en le précédant. Ses cheveux sombres, vus ainsi, contre la lumière, rappelaient une traînée de brume flottant devant la lune.

40 “Good night, Matt,” he said as she put her foot on the first step of the stairs.

41 She turned and looked at him a moment. “Good night, Ethan,” she answered, and went up.

42 When the door of her room had closed on her he remembered that he had not even touched her hand.

40 — Bonne nuit, Mattie, — dit Frome au moment où elle posait le pied sur la première marche de l'escalier.

41 Elle se retourna et le regarda un instant.

— Bonne nuit, Ethan, — répondit-elle. Puis elle monta.

42 Lorsqu'elle fut rentrée dans sa chambre Frome se rappela qu'il ne lui avait pas même touché la main…

VI

1 The next morning at breakfast Jotham Powell was between them, and Ethan tried to hide his joy under an air of exaggerated indifference, lounging back in his chair to throw scraps to the cat, growling at the weather, and not so much as offering to help Mattie when she rose to clear away the dishes.

2 He did not know why he was so irrationally happy, for nothing was changed in his life or hers. He had not even touched the tip of her fingers or looked her full in the eyes. But their evening together had given him a vision of what life at her side might be, and he was glad now that he had done nothing to trouble the sweetness of the picture. He had a fancy that she knew what had restrained him…

3 There was a last load of lumber to be hauled to the village, and Jotham Powell—who did not work regularly for Ethan in winter—had "come round" to help with the job. But a wet snow, melting to sleet, had fallen in the night and turned the roads to glass. There was more wet in the air and it seemed likely to both men that the weather would "milden" toward afternoon and make the going safer. Ethan therefore proposed to his assistant that they should load the sledge at the wood-lot, as they had done on the previous morning, and put off the "teaming" to Starkfield till later in the day. This plan had the advantage of enabling him to send Jotham to the Flats after dinner to meet Zenobia, while he himself took the lumber down to the village.

VI

1 Le lendemain matin Jotham Powell assistait en tiers à leur petit déjeuner; Ethan s'efforça de dissimuler sa joie sous un air d'indifférence exagéré. Il se renversait sur sa chaise pour lancer quelques miettes au chat, grommelait à propos du temps, et n'offrit pas même à Mattie, lorsqu'elle se leva, de l'aider à débarrasser la table.

2 Il ne savait pas pourquoi il éprouvait cette joie irraisonnée. Rien en effet n'était changé dans son existence ni dans celle de la jeune fille. Il n'avait pas même effleuré le bout de ses doigts; c'est à peine s'il avait osé la regarder en face. Mais la soirée qu'il avait passée avec elle lui avait fait comprendre ce que serait la vie s'il pouvait la vivre en sa compagnie, et il était heureux de n'avoir rien fait pour troubler cette vision exquise. Il croyait qu'elle avait deviné les raisons de la contrainte qu'il s'était imposée et qu'elle lui en savait gré.

3 Il restait à livrer un dernier chargement de bois, et Jotham Powell, — qui, pendant l'hiver, ne travaillait pas régulièrement pour Ethan, — devait lui prêter son aide. Mais durant la nuit il était tombé une neige mouillée, aussitôt changée en grésil, et les routes étaient glissantes comme du verre. D'autre part, le temps restait humide, et il paraissait probable aux deux hommes que dans l'après-midi s'adoucirait encore, facilitant le camionnage. Ethan proposa donc à Jotham d'aller au bois charger le traîneau, comme ils l'avaient fait le matin précédent: on le conduirait à Starkfield plus tard. Ce plan avait l'avantage de lui permettre d'envoyer Jotham chercher Zeena à la gare, après le dîner de midi, tandis que lui-même se chargerait de la livraison.

4 He told Jotham to go out and harness up the greys, and for a moment he and Mattie had the kitchen to themselves. She had plunged the breakfast dishes into a tin dishpan and was bending above it with her slim arms bared to the elbow, the steam from the hot water beading her forehead and tightening her rough hair into little brown rings like the tendrils on the traveller's joy.

5 Ethan stood looking at her, his heart in his throat. He wanted to say: "We shall never be alone again like this." Instead, he reached down his tobacco-pouch from a shelf of the dresser, put it into his pocket and said: "I guess I can make out to be home for dinner."

6 She answered "All right, Ethan," and he heard her singing over the dishes as he went.

7 As soon as the sledge was loaded he meant to send Jotham back to the farm and hurry on foot into the village to buy the glue for the pickle-dish. With ordinary luck he should have had time to carry out this plan; but everything went wrong from the start. On the way over to the wood-lot one of the greys slipped on a glare of ice and cut his knee; and when they got him up again Jotham had to go back to the barn for a strip of rag to bind the cut. Then, when the loading finally began, a sleety rain was coming down once more, and the tree trunks were so slippery that it took twice as long as usual to lift them and get them in place on the sledge. It was what Jotham called a sour morning for work, and the horses, shivering and stamping under their wet blankets, seemed to like it as little as the men. It was long past the dinner-hour when the job was done, and Ethan had to give up going to the village because he wanted to lead the injured horse home and wash the cut himself.

4 Frome donna ordre à Jotham d'aller atteler les chevaux gris, et pendant un moment il se trouva seul dans la cuisine avec Mattie. Celle-ci, ses bras fuselés nus jusqu'aux coudes, avait plongé la vaisselle dans une bassine d'étain. La vapeur qui montait de l'eau chaude perlait sur son front et ses cheveux bruns se tordaient en boucles menues, comme les vrilles de la clématite des haies.

5 Ethan, le cœur serré, resta un instant à la contempler. Il eût voulu s'écrier : « Jamais plus nous ne serons seuls ainsi ! » Au lieu de cela, il prit sur une étagère du buffet sa blague à tabac, la mit dans sa poche et dit :

— Je pense pouvoir être de retour à midi.

6 — Bien, — répondit-elle.

En s'éloignant, il l'entendit qui fredonnait une chanson.

7 Il avait l'intention, sitôt le traîneau chargé, de renvoyer Jotham à la ferme et de courir en toute hâte, à pied, chercher au village de la colle pour raccommoder le plat cassé. En temps ordinaire il n'eût eu aucune difficulté à exécuter ; mais ce matin-là tout conspirait à le mettre en retard. Pendant qu'il conduisait le traîneau vers le bois, l'un des chevaux glissa sur la glace et se blessa au genou. Lorsqu'on l'eût remis sur pied, Jotham dut retourner à l'écurie chercher un chiffon pour bander la plaie. Enfin, au moment où l'on commençait à pouvoir charger, le grésil se remit à tomber, et les troncs d'arbres devinrent si glissants qu'on eut beaucoup de mal à les manœuvrer et à les placer sur le traîneau. C'était un de ces matins que Jotham appelait « un fichu temps pour travailler ». Sous leurs couvertures humides, les chevaux, grelottant et frappant du sabot, semblaient partager cette opinion. Le travail ne fut achevé que bien après l'heure du dîner, et Ethan dut différer sa course à Starkfield, car il voulait ramener le cheval blessé à l'écurie et laver lui-même la blessure.

8 He thought that by starting out again with the lumber as soon as he had finished his dinner he might get back to the farm with the glue before Jotham and the old sorrel had had time to fetch Zenobia from the Flats; but he knew the chance was a slight one. It turned on the state of the roads and on the possible lateness of the Bettsbridge train. He remembered afterward, with a grim flash of self-derision, what importance he had attached to the weighing of these probabilities…

9 As soon as dinner was over he set out again for the wood-lot, not daring to linger till Jotham Powell left. The hired man was still drying his wet feet at the stove, and Ethan could only give Mattie a quick look as he said beneath his breath: "I'll be back early."

10 He fancied that she nodded her comprehension; and with that scant solace he had to trudge off through the rain.

11 He had driven his load half-way to the village when Jotham Powell overtook him, urging the reluctant sorrel toward the Flats. "I'll have to hurry up to do it," Ethan mused, as the sleigh dropped down ahead of him over the dip of the school-house hill. He worked like ten at the unloading, and when it was over hastened on to Michael Eady's for the glue. Eady and his assistant were both "down street," and young Denis, who seldom deigned to take their place, was lounging by the stove with a knot of the golden youth of Starkfield. They hailed Ethan with ironic compliment and offers of conviviality; but no one knew where to find the glue. Ethan, consumed with the longing for a last moment alone with Mattie, hung about impatiently while Denis made an ineffectual search in the obscurer corners of the store.

8 Il fit cependant le calcul qu'en partant avec son chargement aussitôt après avoir pris son repas, il avait des chances d'être de retour avec la colle avant que Jotham et le vieil alezan eussent le temps de ramener Zeena des Flats ; mais pour que ce plan réussît il fallait que les routes fussent bonnes et que le train de Bettsbridge eût du retard. Après coup, faisant un retour amèrement ironique sur les événements de la journée, il se rappela quelle importance il avait prêté à ces calculs…

9 Sitôt le repas de midi achevé, il s'en retourna au bois avec les deux chevaux. Il n'osait pas attendre le départ de Jotham, car celui-ci s'était installé auprès du poêle pour faire sécher ses chaussures.

10 Ethan ne put que lancer un rapide coup d'œil à Mattie, en même temps qu'il lui murmurait : « Je rentrerai de bonne heure. » Puis, s'imaginant que la jeune fille avait fait un léger signe d'assentiment, il s'en fut sous la pluie…

11 Il était à mi-chemin du village, conduisant son attelage, quand Jotham Powell le rejoignit, poussant l'alezan traînard dans la direction des Flats. « Il faut que je me dépêche de faire mes commissions », pensa Ethan, en voyant le traîneau qui l'avait dépassé s'enfoncer dans la descente de la School House Hill. Aussitôt arrivé au village, il travailla furieusement à décharger le bois. Dès que cette besogne fut terminée il courut chez Michel Eady acheter de la colle. L'épicier et son commis se trouvaient tous deux dans le bas de la rue, et le jeune Denis, qui daignait rarement les remplacer, était installé auprès du poêle avec quelques représentants de la jeunesse dorée de Starkfield. Ces messieurs accueillirent Ethan avec force plaisanteries et tâchèrent de l'entraîner au bar ; mais aucun ne savait où découvrir la colle dont il avait besoin. Ethan, tourmenté par le désir de se retrouver un dernier instant seul avec Mattie, trépignait d'impatience, tandis que Denis tentait d'infructueuses recherches dans les

12 “Looks as if we were all sold out. But if you’ll wait around till the old man comes along maybe he can put his hand on it.”

13 “I’m obliged to you, but I’ll try if I can get it down at Mrs. Homan’s,” Ethan answered, burning to be gone.

14 Denis’s commercial instinct compelled him to aver on oath that what Eady’s store could not produce would never be found at the widow Homan’s; but Ethan, heedless of this boast, had already climbed to the sledge and was driving on to the rival establishment. Here, after considerable search, and sympathetic questions as to what he wanted it for, and whether ordinary flour paste wouldn’t do as well if she couldn’t find it, the widow Homan finally hunted down her solitary bottle of glue to its hiding-place in a medley of cough-lozenges and corset-laces.

15 “I hope Zeena ain’t broken anything she sets store by,” she called after him as he turned the greys toward home.

16 The fitful bursts of sleet had changed into a steady rain and the horses had heavy work even without a load behind them. Once or twice, hearing sleigh-bells, Ethan turned his head, fancying that Zeena and Jotham might overtake him; but the old sorrel was not in sight, and he set his face against the rain and urged on his ponderous pair.

17 The barn was empty when the horses turned into it and, after giving them the most perfunctory ministrations they had ever received from him, he strode up to the house and pushed open the kitchen door.

coins les plus obscurs de la boutique.

12 — On dirait, — dit-il enfin, — qu'il ne nous en reste plus. Mais si vous voulez attendre avec nous jusqu'à ce que le vieux revienne, peut-être que lui pourra vous en trouver.

13 — Merci bien, — répondit Ethan, brûlant de partir. — Je vais aller voir plus loin, chez Mrs. Homan.

14 L'instinct commercial de Denis le poussa à affirmer que ce qui était introuvable dans sa maison, Eady ne pourrait certes pas le rencontrer dans la boutique de la veuve Homan. Ethan, toutefois, était déjà remonté sur son traîneau et faisait route vers le magasin rival. La vieille épicière, après forces recherches et des questions aimables concernant ce qu'il désirait, après lui avoir demandé se la colle de pâte ordinaire ne pourrait pas suffire au cas où elle ne trouverait pas l'autre, finit par dénicher au milieu d'un fouillis de pâtes pectorales et de lacets de corsets, l'unique bouteille de colle qu'elle possédait.

15 — J'espère au moins que Zeena n'a rien cassé de précieux ? — lui cria-t-elle du seuil de sa porte, pendant qu'il remettait ses chevaux dans la direction de la ferme.

16 Les averses capricieuses du grésil avaient été suivies d'une pluie régulière, et, même débarrassés de leur chargement, les chevaux peinaient un peu. Une fois ou deux, Ethan entendit derrière lui un bruit de grelots ; il tourna la tête, pensant que le léger *cutter* de Zeena et de Jotham pourrait dépasser son traîneau. Mais le vieil alezan ne se montrant pas, il poussa en avant à travers la pluie au pas lent de ses gris pommelés.

17 L'écurie était vide quand il y remisa les chevaux. Il leur donna les soins les plus sommaires qu'ils eussent jamais reçu de lui ; puis, d'un pas rapide, il se dirigea vers la maison et entra dans la cuisine.

18 Mattie was there alone, as he had pictured her. She was bending over a pan on the stove; but at the sound of his step she turned with a start and sprang to him.

19 "See, here, Matt, I've got some stuff to mend the dish with! Let me get at it quick," he cried, waving the bottle in one hand while he put her lightly aside; but she did not seem to hear him.

20 "Oh, Ethan—Zeena's come," she said in a whisper, clutching his sleeve.

21 They stood and stared at each other, pale as culprits.

22 "But the sorrel's not in the barn!" Ethan stammered.

23 "Jotham Powell brought some goods over from the Flats for his wife, and he drove right on home with them," she explained.

24 He gazed blankly about the kitchen, which looked cold and squalid in the rainy winter twilight.

25 "How is she?" he asked, dropping his voice to Mattie's whisper.

26 She looked away from him uncertainly. "I don't know. She went right up to her room."

27 "She didn't say anything?"

28 "No."

29 Ethan let out his doubts in a low whistle and thrust the bottle back into his pocket. "Don't fret; I'll come down and mend it in the night," he said. He pulled on his wet coat again and went back to the barn to feed the greys.

18 Mattie s'y trouvait seule, ainsi qu'il l'avait prévu. Elle était penchée sur une casserole au-dessus du fourneau. Lorsqu'elle entendit son pas elle se retourna en tressaillant et vint vite à sa rencontre.

19 — Regardez, Mattie, j'ai tout ce qu'il faut pour raccommoder le plat ! Je vais aller le prendre tout de suite, — cria-t-il, agitant d'une main la bouteille, tandis que de l'autre il écartait doucement le jeune fille. Celle-ci ne semblait pas l'entendre.

20 — Oh ! Ethan… Zeena est rentrée, — murmura-t-elle, en saisissant le bras de Frome.

21 Ils échangèrent un regard muet, pâles comme s'ils eussent été pris en faute…

22 — Mais l'alezan n'est pas à l'écurie ! —balbutia le jeune homme.

23 — Jotham Powell a rapporté des Flats quelques provisions pour sa femme et il a continué tout de suite jusque chez lui.

24 Ethan regarda vaguement autour de lui. La cuisine lui semblait glaciale et sordide dans ce pluvieux crépuscule d'hiver.

25 — Comment va-t-elle ? — demanda-t-il, parlant aussi à voix basse.

26 Sans le regarder, Mattie lui répondit :

— Je ne sais pas… Elle est montée tout droit à sa chambre.

27 — Elle n'a rien dit ?

28 — Non…

29 Ethan traduisit son inquiétude par un sifflement étouffé. Il remit la colle dans sa poche.

— Ne vous tourmentez pas… Je descendrai cette nuit raccommoder le plat… Il endossa sa pelisse et ressortit pour donner à manger aux chevaux.

30 While he was there Jotham Powell drove up with the sleigh, and when the horses had been attended to Ethan said to him: "You might as well come back up for a bite." He was not sorry to assure himself of Jotham's neutralising presence at the supper table, for Zeena was always "nervous" after a journey. But the hired man, though seldom loth to accept a meal not included in his wages, opened his stiff jaws to answer slowly: "I'm obliged to you, but I guess I'll go along back."

31 Ethan looked at him in surprise. "Better come up and dry off. Looks as if there'd be something hot for supper."

32 Jotham's facial muscles were unmoved by this appeal and, his vocabulary being limited, he merely repeated: "I guess I'll go along back."

33 To Ethan there was something vaguely ominous in this stolid rejection of free food and warmth, and he wondered what had happened on the drive to nerve Jotham to such stoicism. Perhaps Zeena had failed to see the new doctor or had not liked his counsels: Ethan knew that in such cases the first person she met was likely to be held responsible for her grievance.

34 When he re-entered the kitchen the lamp lit up the same scene of shining comfort as on the previous evening. The table had been as carefully laid, a clear fire glowed in the stove, the cat dozed in its warmth, and Mattie came forward carrying a plate of dough-nuts.

35 She and Ethan looked at each other in silence; then she said, as she had said the night before: "I guess it's about time for supper."

30 Pendant qu'il était à l'écurie, Jotham Powell revint avec le *cutter*. Quand les bêtes eurent reçu les soins accoutumés, Ethan dit au journalier :

— Rentrez donc un moment. Vous mangerez un morceau avec nous…

Il n'était pas fâché de s'assurer la présence de Jotham pour le repas, car Zeena était toujours « nerveuse » lorsqu'elle revenait de voyage. Mais bien que celui-ci dédaignât rarement l'aubaine d'un repas gratuit, il desserra ses mâchoires rigides pour répondre avec lenteur :

— Merci ; il faut que je rentre…

31 Ethan le considéra avec surprise.

— Voyons, il vaut mieux que vous veniez vous sécher. Je crois qu'il y a un plat chaud pour le souper.

32 Malgré cette invite alléchante, les muscles du visage de Jotham ne bronchèrent pas, et comme son vocabulaire était restreint, il répéta simplement :

— Il faut que je rentre…

33 Ethan discerna un vague présage dans l'entêtement de ce refus. Il se demanda ce qui avait pu se produire en cours de route pour motiver chez Jotham cet accès de stoïcisme. Peut-être Zeena n'avait-elle pas pu voir le docteur ; peut-être ses conseils lui avaient-ils déplu… Ethan savait qu'en pareil cas la première personne qui se trouvait sur son chemin essuyait toujours le contre-coup de son désappointement.

34 Lorsqu'il rentra dans la cuisine, la lampe éclairait la même scène de confort paisible que la veille au soir. La table avait été mise avec le même soin. Un feu clair brillait dans le poêle, auprès duquel le chat ronronnait, et Mattie s'avançait, portant un plat de *doughnuts*.

35 Ethan et la jeune fille se regardèrent un instant en silence.

Puis elle lui dit, comme le soir précédent :

— Je pense qu'il est temps de se mettre à table…

VII

1 Ethan went out into the passage to hang up his wet garments. He listened for Zeena's step and, not hearing it, called her name up the stairs. She did not answer, and after a moment's hesitation he went up and opened her door. The room was almost dark, but in the obscurity he saw her sitting by the window, bolt upright, and knew by the rigidity of the outline projected against the pane that she had not taken off her travelling dress.

2 "Well, Zeena," he ventured from the threshold.

3 She did not move, and he continued: "Supper's about ready. Ain't you coming?"

4 She replied: "I don't feel as if I could touch a morsel."

5 It was the consecrated formula, and he expected it to be followed, as usual, by her rising and going down to supper. But she remained seated, and he could think of nothing more felicitous than: "I presume you're tired after the long ride."

6 Turning her head at this, she answered solemnly: "I'm a great deal sicker than you think."

7 Her words fell on his ear with a strange shock of wonder. He had often heard her pronounce them before—what if at last they were true?

8 He advanced a step or two into the dim room. "I hope that's not so, Zeena," he said.

VII

1 Ethan passa dans l'antichambre se débarrasser de ses vêtements trempés. Il prêta l'oreille, cherchant à entendre le pas de Zeena, et comme tout demeurait silencieux, il l'appela du bas de l'escalier.

Aucune réponse ne vint. Après un moment d'hésitation, il monta et ouvrit la porte le leur chambre. La pièce n'était pas éclairée, mais il finit par découvrir sa femme dans l'obscurité. Elle se tenait assise, droite et immobile, auprès de la fenêtre, et, à la rigidité du contour projeté sur le fond gris du carreau il devina qu'elle n'avait pas encore quitté sa « belle robe » de la veille.

2 — Eh bien, Zeena ? — risqua-t-il du seuil.

3 Comme elle ne bougeait pas, il reprit :

— Le souper est prêt. Vous ne descendez pas ?

4 — Je ne suis pas en état d'avaler une bouchée.

5 C'était sa phrase habituelle, et il s'attendait à la voir, comme de coutume, se lever pour descendre et prendre place à table. Mais elle demeurait dans son fauteuil et il ne trouva rien de mieux à ajouter que :

— Vous êtes sans doute fatiguée du voyage ?

6 Tournant la tête de son côté, elle lui répondit d'une voix solennelle :

— Je suis beaucoup plus malade que vous ne le pensez...

7 Les paroles de Zeena l'emplirent d'un étrange pressentiment. Que de fois déjà il les lui avait entendu prononcer ! Si aujourd'hui elles étaient vraies ?

8 Il avança d'un pas ou deux dans la pièce obscure et reprit :

— J'espère que non, Zeena.

9 She continued to gaze at him through the twilight with a mien of wan authority, as of one consciously singled out for a great fate. "I've got complications," she said.

10 Ethan knew the word for one of exceptional import. Almost everybody in the neighbourhood had "troubles," frankly localized and specified; but only the chosen had "complications." To have them was in itself a distinction, though it was also, in most cases, a death-warrant. People struggled on for years with "troubles," but they almost always succumbed to "complications."

11 Ethan's heart was jerking to and fro between two extremities of feeling, but for the moment compassion prevailed. His wife looked so hard and lonely, sitting there in the darkness with such thoughts.

12 "Is that what the new doctor told you?" he asked, instinctively lowering his voice.

13 "Yes. He says any regular doctor would want me to have an operation."

14 Ethan was aware that, in regard to the important question of surgical intervention, the female opinion of the neighbourhood was divided, some glorying in the prestige conferred by operations while others shunned them as indelicate. Ethan, from motives of economy, had always been glad that Zeena was of the latter faction.

15 In the agitation caused by the gravity of her announcement he sought a consolatory short cut. "What do you know about this doctor anyway? Nobody ever told you that before."

16 He saw his blunder before she could take it up: she wanted sympathy, not consolation.

9 Elle continuait à le regarder à travers le crépuscule, avec l'air pénétré d'une personne qui aurait conscience d'être marquée pour de grands destins :

— J'ai des complications, — déclara-t-elle.

10 Ethan savait tout ce qu'impliquait ce mot. La plupart des gens du pays avaient des « troubles », nettement localisés et définis ; seuls les élus avaient des « complications ». Le fait d'en être atteint communiquait une sorte de supériorité morale, bien que ce fût aussi, dans la plupart des cas, une certitude de mort prochaine. On luttait pendant des années avec des « troubles » ; mais on succombait presque toujours à des « complications ».

11 Le cœur de Frome était tiraillé entre deux sentiments contraires, mais sur l'instant ce fut la compassion qui l'emporta. Sa femme semblait à la fois si inaccessible et si seule, assise ainsi, dans l'obscurité, avec de telles pensées...

12 — Est-ce là ce que vous a dit le nouveau docteur ? — demanda-t-il, en baissant instinctivement la voix.

13 — Oui. Il m'a même assuré qu n'importe quel médecin des hôpitaux exigerait une opération.

14 Ethan n'ignorait pas que sur cette grave question les femmes du voisinage étaient partagées. Selon l'avis des unes, l'intervention chirurgicale conférait un certain prestige, tandis que les autres s'y dérobaient par pudeur. Aussi, pour des raisons d'économie, Frome s'était-il toujours réjoui de voir en sa femme l'un des plus fermes soutiens de ce dernier parti.

15 Devant la gravité de cette annonce, il chercha tout d'abord une parole de consolation.

— Mais... êtes-vous bien sûre de la valeur de ce docteur ? Aucun, jusqu'à ce jour, ne vous avait parlé ainsi.

16 Avant même qu'elle lui eût répondu, il comprit son erreur. Sa femme voulait qu'on la plaignît, non pas qu'on la rassurât.

17 "I didn't need to have anybody tell me I was losing ground every day. Everybody but you could see it. And everybody in Bettsbridge knows about Dr. Buck. He has his office in Worcester, and comes over once a fortnight to Shadd's Falls and Bettsbridge for consultations. Eliza Spears was wasting away with kidney trouble before she went to him, and now she's up and around, and singing in the choir."

18 "Well, I'm glad of that. You must do just what he tells you," Ethan answered sympathetically.

19 She was still looking at him. "I mean to," she said. He was struck by a new note in her voice. It was neither whining nor reproachful, but drily resolute.

20 "What does he want you should do?" he asked, with a mounting vision of fresh expenses.

21 "He wants I should have a hired girl. He says I oughtn't to have to do a single thing around the house."

22 "A hired girl?" Ethan stood transfixed.

23 "Yes. And Aunt Martha found me one right off. Everybody said I was lucky to get a girl to come away out here, and I agreed to give her a dollar extry to make sure. She'll be over to-morrow afternoon."

17 — Je n'avais pas besoin de lui pour savoir que je m'affaiblissais tous les jours… Vous êtes le seul à ne pas vous en être aperçu… D'ailleurs tout Bettsbridge connaît le docteur Buck. Son cabinet est à Worcester, et tous les quinze jours il vient donner des consultations à Shadd's Falls et à Bettsbridge. Élisa Spears s'en allait d'une maladie de reins lorsqu'elle s'adressa à lui : aujourd'hui, elle est sur pied et chante tous les dimanches dans le chœur de l'église.

18 — Alors, tant mieux… Il faut faire ce qu'il vous a ordonné, — répondit Ethan d'un ton de sympathie.

19 Le regard toujours posé sur lui, elle répondit :

— C'est bien mon intention… Il fut frappé de la façon dont elle prononça ces mots. Il n'y avait dons son ton ni récrimination ni plainte, mais la sécheresse d'une résolution bien arrêtée.

20 — Et que vous a-t-il conseillé ? — demanda-t-il, redoutant toujours de nouvelles dépenses.

21 — Il veut que je prenne une servante. Il dit que je ne devrais faire aucun travail de ménage.

22 — Une servante !

Ethan la regardait stupéfait.

23 — Oui, et tante Martha m'en a trouvé une tout de suite. Tout le monde me dit que j'ai eu de la chance de dénicher une fille qui consentît à venir s'enterrer ici à la campagne. Aussi, pour être sûr qu'elle ne me lâche pas, lui ai-je promis un supplément d'un dollar par mois. Elle arrivera demain dans l'après-midi.

24 Wrath and dismay contended in Ethan. He had foreseen an immediate demand for money, but not a permanent drain on his scant resources. He no longer believed what Zeena had told him of the supposed seriousness of her state: he saw in her expedition to Bettsbridge only a plot hatched between herself and her Pierce relations to foist on him the cost of a servant; and for the moment wrath predominated.

25 "If you meant to engage a girl you ought to have told me before you started," he said.

26 "How could I tell you before I started? How did I know what Dr. Buck would say?"

27 "Oh, Dr. Buck—" Ethan's incredulity escaped in a short laugh. "Did Dr. Buck tell you how I was to pay her wages?"

28 Her voice rose furiously with his. "No, he didn't. For I'd 'a' been ashamed to tell him that you grudged me the money to get back my health, when I lost it nursing your own mother!"

29 "You lost your health nursing mother?"

30 "Yes; and my folks all told me at the time you couldn't do no less than marry me after—"

31 "Zeena!"

32 Through the obscurity which hid their faces their thoughts seemed to dart at each other like serpents shooting venom. Ethan was seized with horror of the scene and shame at his own share in it. It was as senseless and savage as a physical fight between two enemies in the darkness.

24 La colère et la consternation se disputaient le cœur de Frome. Il avait prévu une demande immédiate d'argent, mais non pas un impôt permanent sur ses faibles ressources. Il cessa aussitôt de croire à ce que Zeena venait de lui dire sur la gravité de son état: il ne vit plus dans le voyage à Bettsbridge qu'un complot organisé entre elle et les Pierce pour le contraindre à la dépense d'une servante, et la colère l'emporta en lui sur tout autre sentiment.

25 — Si vous aviez l'intention de prendre une fille, au moins auriez-vous pu me le dire avant votre départ.

26 — Comment aurais-je pu vous le dire alors? Est-ce que je savais ce que m'ordonnerait le docteur Buck?

27 — Oh! le docteur Buck...

L'incrédulité d'Ethan se traduisit par un ricanement.

— Vous a-t-il dit aussi comment je lui paierais ses gages, à cette fille?

28 La voix de Zeena s'éleva, furieuse, en même temps que la sienne.

— Non, il ne me l'a pas dit. J'aurais eu honte de lui avouer que vous me refusez l'argent nécessaire au rétablissement de ma santé. C'est cependant à soigner votre mère que je l'ai perdue!

29 — Vous avez perdu la santé à soigner ma mère?

30 — Oui; et mes parents disaient tous, à cette époque, que vous ne pouviez faire moins que de m'épouser...

31 — Zeena!

32 A travers la pénombre qui voilait les visages, leurs pensées semblaient dressées l'une contre l'autre comme des serpents lançant leur venin. Ethan sentait toute l'horreur de cette scène et rougissait d'y prendre part. Cette querelle était aussi insensée et aussi sauvage que le corps à corps de deux ennemis dans l'obscurité...

33 He turned to the shelf above the chimney, groped for matches and lit the one candle in the room. At first its weak flame made no impression on the shadows; then Zeena's face stood grimly out against the uncurtained pane, which had turned from grey to black.

34 It was the first scene of open anger between the couple in their sad seven years together, and Ethan felt as if he had lost an irretrievable advantage in descending to the level of recrimination. But the practical problem was there and had to be dealt with.

35 "You know I haven't got the money to pay for a girl, Zeena. You'll have to send her back: I can't do it."

36 "The doctor says it'll be my death if I go on slaving the way I've had to. He doesn't understand how I've stood it as long as I have."

37 "Slaving!—" He checked himself again, "You sha'n't lift a hand, if he says so. I'll do everything round the house myself—"

38 She broke in: "You're neglecting the farm enough already," and this being true, he found no answer, and left her time to add ironically: "Better send me over to the almshouse and done with it… I guess there's been Fromes there afore now."

39 The taunt burned into him, but he let it pass. "I haven't got the money. That settles it."

33 Il se dirigea vers la cheminée, chercha à tâtons les allumettes, et alluma l'unique chandelle de la pièce. Au premier moment, la faible flamme lutta vainement avec les ombres : puis le visage morose de Zeena se détacha sur les vitres nues, qui peu à peu étaient passées du gris au noir.

34 C'était la première scène violente qui éclatait entre les époux depuis leur lamentable mariage, sept ans auparavant. Ethan eut l'impression qu'en s'abaissant à une réplique blessante il venait de perdre à jamais un précieux avantage. Mais le problème pratique restait le même, et il fallait le résoudre.

35 — Vous savez que je n'ai pas l'argent nécessaire pour payer une servante, Zeena… Il faudra la renvoyer. Je ne peux pas assumer cette charge.

36 — Le docteur Buck m'a dit que je n'y résisterai pas, si je continue à me tuer de travail. Il ne comprend même pas comment j'ai pu supporter une pareille vie jusqu'à présent.

37 — Vous tuer de travail… ?

Il se maîtrisa, et reprit :

— Soit ; vous ne travaillerez pas, puisqu'il vous l'a défendu. Je ferai moi-même l'ouvrage de la maison.

38 Elle l'interrompit avec aigreur :

— Vous négligez déjà assez la ferme…

C'était tellement vrai qu'il ne trouva rien à répondre.

Zeena profita de son silence pour continuer sur un ton ironique :

— Pourquoi ne vous débarrassez-vous pas de moi en m'envoyant à l'hospice ? Je ne serai sans doute pas la première de votre nom à y aller.

39 Il sursauta sous le sarcasme, mais il le laissa passer et répéta d'une voix sourde :

— Je n'ai pas l'argent nécessaire pour payer une servante ; voilà qui règle la question.

40 There was a moment's pause in the struggle, as though the combatants were testing their weapons. Then Zeena said in a level voice: "I thought you were to get fifty dollars from Andrew Hale for that lumber."

41 "Andrew Hale never pays under three months." He had hardly spoken when he remembered the excuse he had made for not accompanying his wife to the station the day before; and the blood rose to his frowning brows.

42 "Why, you told me yesterday you'd fixed it up with him to pay cash down. You said that was why you couldn't drive me over to the Flats."

43 Ethan had no suppleness in deceiving. He had never before been convicted of a lie, and all the resources of evasion failed him. "I guess that was a misunderstanding," he stammered.

44 "You ain't got the money?"

45 "No."

46 "And you ain't going to get it?"

47 "No."

48 "Well, I couldn't know that when I engaged the girl, could I?"

49 "No." He paused to control his voice. "But you know it now. I'm sorry, but it can't be helped. You're a poor man's wife, Zeena; but I'll do the best I can for you."

50 For a while she sat motionless, as if reflecting, her arms stretched along the arms of her chair, her eyes fixed on vacancy. "Oh, I guess we'll make out," she said mildly.

40 Il y eut une accalmie dans la lutte, comme si les combattants vérifiaient leur armes. Puis Zeena reprit d'une voix blanche :

— Je croyais que vous deviez toucher cinquante dollars d'Andrew Hale, pour le bois…

41 — Andrew Hale ne paie jamais qu'à trois mois, vous le savez bien.

Ethan avait à peine parlé qu'il se rappela son prétexte de la veille pour ne pas accompagner sa femme à la gare. Le sang lui monta jusqu'au front.

42 — Mais vous m'aviez dit que vous vous étiez entendu avec Hale pour toucher l'argent hier. C'est même le motif que vous m'aviez donné pour ne pas me conduire aux Flats.

43 Ethan ne savait pas tromper. Jamais auparavant il n'avait été pris en flagrant délit de mensonge, et toutes les ressources de la dissimulation lui faisaient défaut.

— C'était un malentendu, — balbutia-t-il.

44 — Vous n'avez pas touché l'argent ?

45 — Non.

46 — Et vous n'allez pas le toucher ?

47 — Non.

48 — Ah… Je ne pouvais cependant pas le savoir lorsque j'ai engagé la fille, n'est-ce pas ?

49 — Non… (Il s'arrêta pour maîtriser sa voix.) Mais vous le savez maintenant, — reprit-il… — Je suis désolé de ne pouvoir mieux vous satisfaire, mais vous avez épousé un homme pauvre. Cependant, je ferai de mon mieux…

50 Elle demeura assise, sans répondre, les bras allongés sur les appuis du fauteuil, les yeux perdus dans le vide. Elle semblait réfléchir.

51 The change in her tone reassured him. "Of course we will! There's a whole lot more I can do for you, and Mattie—"

52 Zeena, while he spoke, seemed to be following out some elaborate mental calculation. She emerged from it to say: "There'll be Mattie's board less, any how—"

53 Ethan, supposing the discussion to be over, had turned to go down to supper. He stopped short, not grasping what he heard. "Mattie's board less—?" he began.

54 Zeena laughed. It was on odd unfamiliar sound—he did not remember ever having heard her laugh before. "You didn't suppose I was going to keep two girls, did you? No wonder you were scared at the expense!"

55 He still had but a confused sense of what she was saying. From the beginning of the discussion he had instinctively avoided the mention of Mattie's name, fearing he hardly knew what: criticism, complaints, or vague allusions to the imminent probability of her marrying. But the thought of a definite rupture had never come to him, and even now could not lodge itself in his mind.

56 "I don't know what you mean," he said. "Mattie Silver's not a hired girl. She's your relation."

57 "She's a pauper that's hung onto us all after her father'd done his best to ruin us. I've kep' her here a whole year: it's somebody else's turn now."

58 As the shrill words shot out Ethan heard a tap on the door, which he had drawn shut when he turned back from the threshold.

51 — Oh ! sans doute, nous nous arrangerons, — dit-elle avec douceur.

Ce changement de voix le rassura.

— Bien sûr ! Je trouverai tout de même moyen de vous aider, et Mattie…

52 Pendant qu'il parlait, Zeena paraissait suivre une pensée compliquée. Elle sortit de sa méditation pour dire :

— En tout cas, il y aura la pension de Mattie en moins…

53 Ethan, croyant la discussion terminée, s'apprêtait déjà à descendre pour le souper. Il s'arrêta court sans comprendre.

— La pension de Mattie ? … — commença-t-il.

54 Zeena se prit à rire. C'était un son étrange, inusité. Frome ne se souvenait pas de l'avoir jamais entendue rire auparavant.

— Vous ne pensiez pas, j'imagine, dit-elle, que j'allais garder les deux ? Je comprends que vous ayez été épouvanté à l'idée d'une telle dépense !

55 Il n'avait encore qu'une notion confuse de ce qu'elle disait. Depuis le début de cette discussion, il avait instinctivement, évité de prononcer le nom de Mattie. Il redoutait vaguement que ce nom n'amenât des critiques, des plaintes, ou des allusions détournées au mariage probable de la jeune fille. Mais la pensée d'une séparation définitive ne lui était pas venue à l'esprit, et même maintenant il ne pouvait s'y faire.

56 — Je ne sais pas ce que vous voulez dire, — reprit-il. — Mattie Silver n'est pas une servante. Elle est votre cousine.

57 — C'est une pauvresse qui nous est tombée sur le dos, à tous, après que son père eut tout fait pour nous ruiner. Je l'ai hébergée toute une année… C'est aux autres maintenant de s'en charger.

58 Comme elle prononçait ces paroles d'une voix perçante, on entendit frapper à la porte.

59 "Ethan—Zeena!" Mattie's voice sounded gaily from the landing, "do you know what time it is? Supper's been ready half an hour."

60 Inside the room there was a moment's silence; then Zeena called out from her seat: "I'm not coming down to supper."

61 "Oh, I'm sorry! Aren't you well? Sha'n't I bring you up a bite of something?"

62 Ethan roused himself with an effort and opened the door. "Go along down, Matt. Zeena's just a little tired. I'm coming."

63 He heard her "All right!" and her quick step on the stairs; then he shut the door and turned back into the room. His wife's attitude was unchanged, her face inexorable, and he was seized with the despairing sense of his helplessness.

64 "You ain't going to do it, Zeena?"

65 "Do what?" she emitted between flattened lips.

66 "Send Mattie away—like this?"

67 "I never bargained to take her for life!"

68 He continued with rising vehemence: "You can't put her out of the house like a thief—a poor girl without friends or money. She's done her best for you and she's got no place to go to. You may forget she's your kin but everybody else'll remember it. If you do a thing like that what do you suppose folks'll say of you?"

69 Zeena waited a moment, as if giving him time to feel the full force of the contrast between his own excitement and her composure. Then she replied in the same smooth voice: "I know well enough what they say of my having kep' her here as long as I have."

59 — Ethan… Zeena ! — appelait gaiement du dehors la voix de Mattie. — Vous n'avez pas oublié l'heure ? Il y a longtemps que le souper est prêt. Venez-vous ?

60 Il y eut un instant de silence à l'intérieur de la chambre. Puis, de son siège, Zeena cria :

— Je ne descends pas…

61 — Vraiment ? Je suis désolée… Êtes-vous souffrante ? Voulez-vous que je vous monte quelque chose ?

62 Ethan se secoua et entr'ouvrit la porte.

— Descendez, Mattie, je vous prie. Zeena est un peu fatiguée. Je vous suis à l'instant.

63 Il l'entendit répondre : « Bien ! » et son pas alerte résonna dans l'escalier.

La porte une fois refermée, Ethan se retourna vers sa femme. Zeena n'avait pas bougé : son visage demeurait inexorable, et il eut la sensation désespérée de ne pouvoir rien contre elle.

64 — Vous ne ferez pas cela, Zeena !

65 — Quoi donc ? — proféra-t-elle entre ses lèvres serrées.

66 — Renvoyer Mattie… ainsi…

67 — Mais je ne me suis pas engagée à la garder toute la vie !

68 Frome continua avec une violence croissante :

— Vous ne pouvez cependant pas la chasser comme une voleuse… une pauvre fille qui a toujours fait de son mieux. Elle n'a ni amis ni argent, et qui voulez-vous qui l'accueille ? Si vous oubliez qu'elle est de votre sang, les autres, eux, s'en souviendront. Avez-vous songé à ce que diront les gens ?

69 Zeena attendit un moment, comme pour lui donner le temps de bien mettre en valeur le contraste entre sa propre impassibilité et son agitation à lui. Puis, d'une voix doucereuse, elle reprit :

— Je sais trop bien ce que les gens pensent des raisons pour lesquelles nous l'avons gardée si longtemps.

70 Ethan's hand dropped from the door-knob, which he had held clenched since he had drawn the door shut on Mattie. His wife's retort was like a knife-cut across the sinews and he felt suddenly weak and powerless. He had meant to humble himself, to argue that Mattie's keep didn't cost much, after all, that he could make out to buy a stove and fix up a place in the attic for the hired girl—but Zeena's words revealed the peril of such pleadings.

71 "You mean to tell her she's got to go—at once?" he faltered out, in terror of letting his wife complete her sentence.

72 As if trying to make him see reason she replied impartially: "The girl will be over from Bettsbridge to-morrow, and I presume she's got to have somewheres to sleep."

73 Ethan looked at her with loathing. She was no longer the listless creature who had lived at his side in a state of sullen self-absorption, but a mysterious alien presence, an evil energy secreted from the long years of silent brooding. It was the sense of his helplessness that sharpened his antipathy. There had never been anything in her that one could appeal to; but as long as he could ignore and command he had remained indifferent. Now she had mastered him and he abhorred her. Mattie was her relation, not his: there were no means by which he could compel her to keep the girl under her roof. All the long misery of his baffled past, of his youth of failure, hardship and vain effort, rose up in his soul in bitterness and seemed to take shape before him in the woman who at every turn had barred his way. She had taken everything else from him; and now she meant to take the one thing that made up for all the others. For a moment such a flame of hate rose in him that it ran down his arm and clenched his fist against her. He took a wild step forward and then stopped.

70 La main d'Ethan lâcha le bouton de la porte, contre laquelle il était resté appuyé. La risposte de sa femme était comme un coup de couteau qui lui eût coupé les jarrets, et brusquement il se sentit tout faible et désarmé.

Il avait songé à s'humilier, à lui rappeler qu'en somme Mattie coûtait bien peu, et qu'au besoin ils pourraient acheter un poêle et dresser un lit dans le grenier pour la servante ; mais les paroles de sa femme venaient de lui révéler le danger de tels plaidoyers.

71 — Vous voulez donc qu'elle s'en aille… comme ça, tout de suite ? — interrompit-il, craignant d'entendre Zeena compléter sa phrase.

72 Comme si elle tenait à lui montrer qu'elle gardait tout son sang-froid elle répondit doucement :

— La servante doit arriver de Bettsbridge demain, et il faudra bien qu'elle ait un endroit où dormir…

73 Ethan regarda sa femme avec haine. Elle n'était plus cette créature apathique qui avait vécu à côté de lui dans un état d'égoïsme morose, mais un être mystérieux et inconnu, déployant une énergie mauvaise qui s'était lentement accumulée pendant les longue années silencieuses. Le sentiment même de son impuissance accroissait son antipathie. Il n'y avait en elle aucune sensibilité, il le savait bien ; mais tant qu'il avait pu rester le maître il ne s'en était pas préoccupé… Aujourd'hui, c'était elle que le dominait ; et il la détestait de toute son âme. Mattie, en effet, était la parente de Zeena, non la sienne. Il n'était donc pas en son pouvoir de contraindre sa femme à garder la jeune fille auprès d'eux… Mais toute la longue misère de sa vie manquée, de ses efforts inutiles et de ses ambitions trompées, lui remontait en cet instant avec amertume à la mémoire, et semblait s'incarner en la femme assise là devant lui, cette femme qui, à chaque tournant de son existence, lui avait barré le chemin. Tout ce qu'il avait souhaité, c'était elle qui l'avait empêché de le réal-

74 “You’re—you’re not coming down?” he said in a bewildered voice.

75 “No. I guess I’ll lay down on the bed a little while,” she answered mildly; and he turned and walked out of the room.

76 In the kitchen Mattie was sitting by the stove, the cat curled up on her knees. She sprang to her feet as Ethan entered and carried the covered dish of meat-pie to the table.

77 “I hope Zeena isn’t sick?” she asked.

78 “No.”

79 She shone at him across the table. “Well, sit right down then. You must be starving.” She uncovered the pie and pushed it over to him. So they were to have one more evening together, her happy eyes seemed to say!

80 He helped himself mechanically and began to eat; then disgust took him by the throat and he laid down his fork.

81 Mattie’s tender gaze was on him and she marked the gesture.

82 “Why, Ethan, what’s the matter? Don’t it taste right?”

83 “Yes—it’s first-rate. Only I—” He pushed his plate away, rose from his chair, and walked around the table to her side. She started up with frightened eyes.

84 “Ethan, there’s something wrong! I knew there was!”

iser ; et voici que, maintenant encore, elle prétendait le priver de la seule joie qui lui fît prendre son malheur en patience... Un moment, il sentit jaillir en lui une telle flamme de haine qu'il eut un frisson dans le bras et que son poing se crispa, prêt à tomber sur elle... Brusquement, il fit un pas en avant, et s'arrêta.

74 — Vous... vous ne descendez pas ? — dit-il avec égarement.

75 — Non ; je crois que je vais m'étendre un peu sur le lit, — répondit-elle d'une voix dolente.

76 Frome lui tourna le dos et sortit. Dans la cuisine, Mattie était assise auprès du poêle, le chat roulé sur ses genoux. Lorsque Ethan entra, elle se leva vivement et déposa sur la table le pâté qu'elle tenait au chaud.

77 — Zeena n'est pas souffrante ? — demanda-t-elle.

78 — Non.

79 Elle lui jeta un regard rayonnant.

— Eh bien, alors, asseyez-vous ! ... Vous devez mourir de faim...

Elle souleva le couvercle, découvrit le pâté et le poussa devant lui. Ses yeux rieurs semblaient dire : « Nous allons donc avoir une soirée de plus à passer ensemble ? »

80 Ethan se servit machinalement et commença à manger. Mais l'angoisse le prit à la gorge, et il laissa retomber sa fourchette.

81 Le tendre regard de Mattie était toujours posé sur lui.

82 — Qu'y a-t-il donc ? Ce n'est pas bon ? demanda-t-elle.

83 — Oh ! si, excellent... Seulement, je...

Il repoussa son assiette et se levant brusquement s'approcha de la jeune fille. Les yeux pleins d'effroi, elle se dressa.

84 — Ethan, il y a quelque chose ! Je m'en doutais bien...

85 She seemed to melt against him in her terror, and he caught her in his arms, held her fast there, felt her lashes beat his cheek like netted butterflies.

86 "What is it—what is it?" she stammered; but he had found her lips at last and was drinking unconsciousness of everything but the joy they gave him.

87 She lingered a moment, caught in the same strong current; then she slipped from him and drew back a step or two, pale and troubled. Her look smote him with compunction, and he cried out, as if he saw her drowning in a dream: "You can't go, Matt! I'll never let you!"

88 "Go—go?" she stammered. "Must I go?"

89 The words went on sounding between them as though a torch of warning flew from hand to hand through a black landscape.

90 Ethan was overcome with shame at his lack of self-control in flinging the news at her so brutally. His head reeled and he had to support himself against the table. All the while he felt as if he were still kissing her, and yet dying of thirst for her lips.

91 "Ethan, what has happened? Is Zeena mad with me?"

92 Her cry steadied him, though it deepened his wrath and pity. "No, no," he assured her, "it's not that. But this new doctor has scared her about herself. You know she believes all they say the first time she sees them. And this one's told her she won't get well unless she lays up and don't do a thing about the house—not for months—"

85 Dans sa terreur elle semblait s'effondrer contre lui. Il la retint, la serra dans ses bras et sentit sur sa joue le frôlement des cils qui palpitaient comme des papillons pris dans un filet.

86 — Qu'y a-t-il? … qu'il y a-t-il? — balbutiait-elle.

Mais il avait enfin trouvé ses lèvres et s'y désaltérait, inconscient de tout ce qui n'était pas ce bonheur…

87 Mattie s'abandonna un instant, emportée dans le même courant rapide; puis, pâle et troublée, elle se dégagea et fit un pas en arrière. Son regard muet déchira le cœur de Frome. Il poussa un cri de détresse, comme s'il la voyait se noyer, dans un rêve.

— Vous ne pouvez pas partir, Mattie! Je ne le veux pas! Entendez-vous?

88 — Partir… partir? — répéta-t-elle. — Je dois donc partir? …

89 Ces mots continuaient de vibrer entre eux. On eût dit d'une torche d'alarme passée de main en main et jetant des lueurs fugitives sur un paysage nocturne.

90 Ethan était honteux de son propre manque de sang-froid. Il rougissait de lui avoir si brutalement appris cette nouvelle. La tête lui tournait: il dut s'appuyer à la table. Il croyait encore embrasser Mattie et cependant il mourait de la soif de ses lèvres.

91 — Ethan, qu'est-il arrivé? Est-ce que Zeena m'en veut?

92 Ce cri le raffermit, tout en accroissant sa colère et sa pitié.

— Non, non, ce n'est pas cela, — dit-il d'une voix qu'il cherchait à rendre rassurante. — Mais ce nouveau docteur l'a effrayée. Vous savez que lorsqu'elle consulte un nouveau médecin elle croit tout ce qu'il lui dit. Et celui-ci lui a affirmé qu'elle ne se rétablirait qu'à la condition de se reposer et de ne pas faire de travaux de ménage… pendant des mois…

93 He paused, his eyes wandering from her miserably. She stood silent a moment, drooping before him like a broken branch. She was so small and weak-looking that it wrung his heart; but suddenly she lifted her head and looked straight at him. "And she wants somebody handier in my place? Is that it?"

94 "That's what she says to-night."

95 "If she says it to-night she'll say it to-morrow."

96 Both bowed to the inexorable truth: they knew that Zeena never changed her mind, and that in her case a resolve once taken was equivalent to an act performed.

97 There was a long silence between them; then Mattie said in a low voice: "Don't be too sorry, Ethan."

98 "Oh, God—oh, God," he groaned. The glow of passion he had felt for her had melted to an aching tenderness. He saw her quick lids beating back the tears, and longed to take her in his arms and soothe her.

99 "You're letting your supper get cold," she admonished him with a pale gleam of gaiety.

100 "Oh, Matt—Matt—where'll you go to?"

101 Her lids sank and a tremor crossed her face. He saw that for the first time the thought of the future came to her distinctly. "I might get something to do over at Stamford," she faltered, as if knowing that he knew she had no hope.

93 Il s'arrêta, évitant misérablement le regard de Mattie. Un instant, elle demeura silencieuse devant lui, pliée comme une branche à demi rompue : elle était si petite et si frêle qu'il eut le cœur serré.

Soudain, elle redressa la tête et le regarda bien dans les yeux :

— Et elle veut engager à ma place quelqu'un de plus robuste. Est-ce bien cela ?

94 — C'est ce qu'elle dit ce soir.

95 — Si elle le dit ce soir elle le dira demain…

96 Tous deux se turent. Ils savaient que Zeena ne se déjugeait jamais et que, pour elle, une résolution prise équivalait à un acte accompli.

97 Il y eut entre eux un long silence. Mattie dit enfin, à voix basse :

— Ethan, n'ayez pas trop de chagrin…

98 — Mon Dieu ! … mon Dieu ! … — gémit-t-il.

L'accès de passion qui l'avait secoué se fondait en une tendresse douloureuse. Il vit les larmes vite refoulées sous les paupières frémissantes de Mattie, et il eut envie de la prendre dans ses bras pour la consoler.

99 — Vous laissez refroidir le souper, — lui rappela-t-elle avec un pâle sourire.

100 — Mattie, Mattie… où irez-vous ?

101 Les yeux de la jeune fille s'abaissèrent à nouveau, et une lueur d'inquiétude traversa son visage. Ethan s'aperçut que pour la première fois la pensée de l'avenir se dressait devant elle.

— Je trouverai quelque travail à Stamford, — dit-elle d'une voix mal assurée, comme si elle savait qu'Ethan devinait qu'elle n'en gardait guère l'espoir.

102 He dropped back into his seat and hid his face in his hands. Despair seized him at the thought of her setting out alone to renew the weary quest for work. In the only place where she was known she was surrounded by indifference or animosity; and what chance had she, inexperienced and untrained, among the million bread-seekers of the cities? There came back to him miserable tales he had heard at Worcester, and the faces of girls whose lives had begun as hopefully as Mattie's… It was not possible to think of such things without a revolt of his whole being. He sprang up suddenly.

103 "You can't go, Matt! I won't let you! She's always had her way, but I mean to have mine now—"

104 Mattie lifted her hand with a quick gesture, and he heard his wife's step behind him.

105 Zeena came into the room with her dragging down-at-the-heel step, and quietly took her accustomed seat between them.

106 "I felt a little mite better, and Dr. Buck says I ought to eat all I can to keep my strength up, even if I ain't got any appetite," she said in her flat whine, reaching across Mattie for the teapot. Her "good" dress had been replaced by the black calico and brown knitted shawl which formed her daily wear, and with them she had put on her usual face and manner. She poured out her tea, added a great deal of milk to it, helped herself largely to pie and pickles, and made the familiar gesture of adjusting her false teeth before she began to eat. The cat rubbed itself ingratiatingly against her, and she said "Good Pussy," stooped to stroke it and gave it a scrap of meat from her plate.

102 Il se laissa retomber sur sa chaise, et se cacha la tête dans les mains. A l'idée qu'elle s'en irait toute seule à la recherche d'une place le désespoir s'empara de lui. Dans l'unique endroit où elle était connue, elle ne trouverait qu'indifférence ou animosité, et dans d'autres villes quelle chance avait-elle de se tirer seule d'affaire, sans expérience, sans entraînement, parmi les millions de pauvres gens à l'affût ? Il se souvint de tristes histoires entendues naguère à Worcester… il revit les visages flétris de certaines jeunes filles dont la première jeunesse avait été aussi protégée que celle de Mattie… Il ne pouvait y songer sans une révolte de tout son être. Brusquement, il se redressa.

103 — Vous ne pouvez pas partir, Mattie ! Je ne le permettrai pas ! Elle a toujours fait à sa guise, mais cette fois ce sera mon tour…

104 Mattie fit un geste rapide et Frome entendit le pas de sa femme derrière lui…

105 Zeena entrait dans la pièce en traînant ses savates éculées. Elle s'assit tranquillement à la table, prenant sa place habituelle entre son mari et sa cousine.

106 — Je me sens un tout petit peu mieux, et le docteur Buck m'a conseillé de manger le plus possible pour soutenir mes forces, même si je n'ai pas d'appétit, — dit-elle d'une voix geignante, tendant la main pour que Mattie lui passât la théière. Sa « belle robe » avait été remplacée par la percale foncée et le châle de tricot brun qui formaient son habillement de tous les jours ; et avec ces vêtements elle avait repris son visage et ses manières accoutumés. Elle se versa du thé, y ajouta une grande quantité de lait, et se servit largement de pâté et de pickles ; puis elle fit le geste familier d'ajuster son ratelier avant de commencer à manger. Câlin et insinuant, le chat vint se frotter contre sa jupe, et elle se pencha pour le caresser !

— Bon Pussy, — dit-elle, — et elle lui tendit un morceau de viande qu'elle prit dans son assiette.

107 Ethan sat speechless, not pretending to eat, but Mattie nibbled valiantly at her food and asked Zeena one or two questions about her visit to Bettsbridge. Zeena answered in her every-day tone and, warming to the theme, regaled them with several vivid descriptions of intestinal disturbances among her friends and relatives. She looked straight at Mattie as she spoke, a faint smile deepening the vertical lines between her nose and chin.

108 When supper was over she rose from her seat and pressed her hand to the flat surface over the region of her heart. "That pie of yours always sets a mite heavy, Matt," she said, not ill-naturedly. She seldom abbreviated the girl's name, and when she did so it was always a sign of affability.

109 "I've a good mind to go and hunt up those stomach powders I got last year over in Springfield," she continued. "I ain't tried them for quite a while, and maybe they'll help the heartburn."

110 Mattie lifted her eyes. "Can't I get them for you, Zeena?" she ventured.

111 "No. They're in a place you don't know about," Zeena answered darkly, with one of her secret looks.

112 She went out of the kitchen and Mattie, rising, began to clear the dishes from the table. As she passed Ethan's chair their eyes met and clung together desolately. The warm still kitchen looked as peaceful as the night before. The cat had sprung to Zeena's rocking-chair, and the heat of the fire was beginning to draw out the faint sharp scent of the geraniums. Ethan dragged himself wearily to his feet.

107 Ethan était assis près d'elle, silencieux. Il n'essaya même pas de manger, mais Mattie grignota vaillamment quelques bouchées, tout en interrogeant Zeena sur sa visite à Bettsbridge.

Celle-ci lui répondit de son ton habituel, et même, s'échauffant sur le sujet, elle leur fit une description imagée de plusieurs cas de maladies intestinales parmi ses parents et amis de Bettsbridge. Pendant qu'elle parlait, le regard posé sur Mattie, un faible sourire creusait des lignes verticales de son nez à son menton.

108 Lorsque le souper fut achevé, elle se leva et appuya la main sur sa poitrine décharnée, au-dessus de la région du cœur :

— Vos pâtés sont toujours une idée trop lourds, Matt, — dit-elle sans acrimonie. — Il lui arrivait rarement d'abréger ainsi le nom de la jeune fille, et, quand elle le faisait, c'était un signe de bonne humeur.

109 — J'ai bien envie d'aller chercher ces poudres pour l'estomac que j'ai rapportées l'an dernier de Springfield, — dit-elle en se levant. — Je n'en ai pas pris depuis quelque temps : peut-être me feront-elles passer mes aigreurs.

110 Mattie leva les yeux.

— Voulez-vous que j'aille les chercher, Zeena ? — risqua-t-elle.

111 — Non. Vous ne savez pas où je les mets, — répondit mystérieusement Zeena.

112 Elle sortit de la cuisine et Mattie se mit à desservir. Comme elle passait auprès de la chaise d'Ethan leurs regards se croisèrent : ils exprimaient une même désolation. Autour d'eux, la cuisine tiède et silencieuse semblait aussi paisible que la nuit précédente. Le chat avait sauté sur le fauteuil de Zeena et le parfum âcre et subtil des géraniums se dégageait à la chaleur du feu. Péniblement Ethan se redressa.

113 "I'll go out and take a look around," he said, going toward the passage to get his lantern.

114 As he reached the door he met Zeena coming back into the room, her lips twitching with anger, a flush of excitement on her sallow face. The shawl had slipped from her shoulders and was dragging at her down-trodden heels, and in her hands she carried the fragments of the red glass pickle-dish.

115 "I'd like to know who done this," she said, looking sternly from Ethan to Mattie.

116 There was no answer, and she continued in a trembling voice: "I went to get those powders I'd put away in father's old spectacle-case, top of the china-closet, where I keep the things I set store by, so's folks shan't meddle with them—" Her voice broke, and two small tears hung on her lashless lids and ran slowly down her cheeks. "It takes the stepladder to get at the top shelf, and I put Aunt Philura Maple's pickle-dish up there o' purpose when we was married, and it's never been down since, 'cept for the spring cleaning, and then I always lifted it with my own hands, so's 't it shouldn't get broke." She laid the fragments reverently on the table. "I want to know who done this," she quavered.

117 At the challenge Ethan turned back into the room and faced her. "I can tell you, then. The cat done it."

118 "The cat?"

119 "That's what I said."

113 — Je sors un peu pour voir si tout va bien, — dit-il. Et il se dirigea vers l'antichambre pour prendre sa lanterne.
114 Sur le seuil, il rencontra sa femme qui rentrait. Les lèvres de Zeena tremblaient d'émotion, et son visage jaunâtre était marbré de colère. Le châle avait glissé de ses épaules et pendait sur ses savates : dans la main elle tenait les débris du plat de verre rouge.
115 — Je voudrais bien savoir que a cassé mon plat, — dit-elle, jetant un regard sévère sur son mari et sur la jeune fille.
116 Ni l'un ni l'autre ne répondit, et elle continua d'une voix étranglée :

— J'étais allée prendre mes poudres, que je cache dans le vieil étui à lunettes de mon père, en haut de l'armoire, à l'endroit où je mets les choses auxquelles je tiens, de façon à ce qu'on ne puisse pas y toucher…

La voix lui manqua ; deux petites larmes tombèrent de ses paupières sans cils et coulèrent lentement le long de ses joues.

— Il faut prendre l'escabeau pour atteindre la planche du haut, et j'avais mis là le plat aux pickles que la tante Philura Maple nous avait donné pour notre mariage… Je ne le déplaçais jamais sauf pour le nettoyage du printemps, et alors c'était moi qui le descendais de mes propres mains, afin d'être bien sûr qu'il ne fût pas cassé…

Elle posa avec respect les fragments de verre sur la table.

— Encore une fois, je veux savoir qui a fait cela, — dit-elle d'une voix chevrotante.
117 A cet appel, Ethan revint et regardant sa femme en face.

— Si vous tenez à le savoir, c'est le chat…
118 — Le chat ?
119 — Oui, le chat…

120 She looked at him hard, and then turned her eyes to Mattie, who was carrying the dish-pan to the table.
121 "I'd like to know how the cat got into my china-closet"' she said.
122 "Chasin' mice, I guess," Ethan rejoined. "There was a mouse round the kitchen all last evening."
123 Zeena continued to look from one to the other; then she emitted her small strange laugh. "I knew the cat was a smart cat," she said in a high voice, "but I didn't know he was smart enough to pick up the pieces of my pickle-dish and lay 'em edge to edge on the very shelf he knocked 'em off of."
124 Mattie suddenly drew her arms out of the steaming water. "It wasn't Ethan's fault, Zeena! The cat did break the dish; but I got it down from the china-closet, and I'm the one to blame for its getting broken."
125 Zeena stood beside the ruin of her treasure, stiffening into a stony image of resentment, "You got down my pickle-dish-what for?"
126 A bright flush flew to Mattie's cheeks. "I wanted to make the supper-table pretty," she said.

120 Elle le regarda fixement ; puis, tournant les yeux vers Mattie, elle reprit :

121 — Je serais curieuse de savoir comment le chat a pu entrer dans l'armoire.

122 — En chassant une souris, sans doute, — repartit Ethan. Il y en avait une hier soir qui trottait tout le temps autour de la cuisine.

123 Zeena continuait à les observer tous deux, tour à tour ; à la fin, elle eut un accès de son petit rire étrange.

— Je savais que mon chat était un chat remarquable, — dit-elle d'une voix perçante, — mais je ne le croyais pas assez adroit pour ramasser les débris de mon plat, et les replacer sur la planche même d'où il l'avait fait tomber.

124 Brusquement, Mattie sortit ses bras de l'eau fumante.

— Ce n'est pas la faute d'Ethan, Zeena. Oui, c'est vrai, c'est le chat qui a cassé le plat, mais c'est moi qui l'avais descendu de l'armoire. Je suis donc seule à blâmer.

125 Zeena, devant les débris de son trésor, restait immobile comme la statue du ressentiment.

— Vous aviez descendu mon plat ? … Et pourquoi faire, je vous prie ?

126 Une légère rougeur colora les joues de Mattie.

— Je voulais décorer la table, — dit-elle.

127 "You wanted to make the supper-table pretty; and you waited till my back was turned, and took the thing I set most store by of anything I've got, and wouldn't never use it, not even when the minister come to dinner, or Aunt Martha Pierce come over from Bettsbridge—" Zeena paused with a gasp, as if terrified by her own evocation of the sacrilege. "You're a bad girl, Mattie Silver, and I always known it. It's the way your father begun, and I was warned of it when I took you, and I tried to keep my things where you couldn't get at 'em—and now you've took from me the one I cared for most of all—" She broke off in a short spasm of sobs that passed and left her more than ever like a shape of stone.

128 "If I'd 'a' listened to folks, you'd 'a' gone before now, and this wouldn't 'a' happened," she said; and gathering up the bits of broken glass she went out of the room as if she carried a dead body…

127 — Ah ! vous vouliez décorer la table ? Et vous attendiez que j'eusse le dos tourné pour le faire ? Et vous avez choisi pour cela l'objet auquel je tenais le plus, celui dont je ne voulais jamais me servir, même quand le pasteur venait dîner, ou tante Martha Pierce…

Zeena s'arrêta pour reprendre haleine. Elle semblait terrifiée par sa propre évocation du sacrilège.

— Vous êtes une mauvaise fille, Mattie Silver, et je vous ai toujours jugée telle… Vous marchez sur les traces de votre père… on m'avait bien prévenue, d'ailleurs, quand je vous ai recueillie. Aussi avais-je placé les objets auxquels je tenais en un endroit que vous ne pouviez atteindre. Et voilà que vous avez trouvé moyen de me briser celui qui m'était le plus cher de tous…

Ses paroles furent coupées par une courte crise de sanglots, vite réprimés.

— Si j'avais suivi les conseils de mes amis, il y a longtemps que je vous aurais renvoyée, et ce malheur ne serait pas arrivé, — dit-elle.

Elle rassembla les morceaux de verre, et sortit lentement de la cuisine, comme si elle eût porté un mort dans ses bras décharnés…

VIII

1 When Ethan was called back to the farm by his father's illness his mother gave him, for his own use, a small room behind the untenanted "best parlour." Here he had nailed up shelves for his books, built himself a box-sofa out of boards and a mattress, laid out his papers on a kitchen-table, hung on the rough plaster wall an engraving of Abraham Lincoln and a calendar with "Thoughts from the Poets," and tried, with these meagre properties, to produce some likeness to the study of a "minister" who had been kind to him and lent him books when he was at Worcester. He still took refuge there in summer, but when Mattie came to live at the farm he had to give her his stove, and consequently the room was uninhabitable for several months of the year.

2 To this retreat he descended as soon as the house was quiet, and Zeena's steady breathing from the bed had assured him that there was to be no sequel to the scene in the kitchen. After Zeena's departure he and Mattie had stood speechless, neither seeking to approach the other. Then the girl had returned to her task of clearing up the kitchen for the night and he had taken his lantern and gone on his usual round outside the house. The kitchen was empty when he came back to it; but his tobacco-pouch and pipe had been laid on the table, and under them was a scrap of paper torn from the back of a seedsman's catalogue, on which three words were written: "Don't trouble, Ethan."

VIII

1 Quand Ethan était revenu de Worcester à la ferme, sa mère lui avait donné, pour son usage personnel, une petite pièce inhabitée, attenant au *parlour*. Lui-même il y avait cloué des rayons pour ses livres, construit la charpente d'un divan, étalé dessus un vieux matelas, disposé ses papiers sur une table de bois blanc et accroché au mur dénudé une gravure d'Abraham Lincoln et un « Calendrier des Poètes ». Avec ces maigres moyens il avait cherché à se constituer un « cabinet de travail » comme celui d'un pasteur de Worcester chez lequel il avait fréquenté, et qui lui avait prêté des livres. C'était dans cette pièce qu'il se réfugiait encore pendant l'été, mais ayant dû donner son poêle pour la chambre de Mattie, lors de l'arrivée de la jeune fille à la ferme, il ne pouvait plus se tenir dans son « cabinet de travail » pendant l'hiver.

2 Après la scène pénible qui venait d'avoir lieu dans la cuisine, la maison était rentrée dans le calme. Lorsque Ethan monta dans sa chambre il entendit, du lit, la respiration régulière de Zeena. Pour cette nuit la discussion était donc terminée… Il redescendit et gagna sa retraite. Quand sa femme eut quitté la cuisine, Mattie et lui y étaient demeurés vis-à-vis l'un de l'autre, sans chercher à se rapprocher. La jeune fille avait achevé de ranger, et lui-même, comme tous les soirs, avait pris sa lanterne pour aller faire au dehors la ronde habituelle. Au retour il avait trouvé la cuisine vide, mais sur la table étaient posés sa pipe et sa blague et, au-dessous, un bout de papier arraché à un catalogue de grainetier, qui portait ces mots : « Ne vous tourmentez pas, Ethan… »

3 Going into his cold dark "study" he placed the lantern on the table and, stooping to its light, read the message again and again. It was the first time that Mattie had ever written to him, and the possession of the paper gave him a strange new sense of her nearness; yet it deepened his anguish by reminding him that henceforth they would have no other way of communicating with each other. For the life of her smile, the warmth of her voice, only cold paper and dead words!

4 Confused motions of rebellion stormed in him. He was too young, too strong, too full of the sap of living, to submit so easily to the destruction of his hopes. Must he wear out all his years at the side of a bitter querulous woman? Other possibilities had been in him, possibilities sacrificed, one by one, to Zeena's narrow-mindedness and ignorance. And what good had come of it? She was a hundred times bitterer and more discontented than when he had married her: the one pleasure left her was to inflict pain on him. All the healthy instincts of self-defence rose up in him against such waste…

5 He bundled himself into his old coon-skin coat and lay down on the box-sofa to think. Under his cheek he felt a hard object with strange protuberances. It was a cushion which Zeena had made for him when they were engaged—the only piece of needlework he had ever seen her do. He flung it across the floor and propped his head against the wall…

3 En pénétrant dans son « cabinet de travail » sombre et glacé, il plaça sa lanterne sur son bureau et, penché vers la lumière, il lut et relut le petit mot de Mattie. C'était la première fois qu'elle lui écrivait, et le fait de tenir ce papier entre les mains lui procura une sensation d'intimité nouvelle. En même temps, il songea douloureusement que tel serait désormais leur unique moyen de communiquer, et son angoisse s'en accrût. A la place du sourire de Mattie et du son de sa voix, il n'aurait plus d'elle que des pages inanimées, des paroles écrites…

4 Un instinct de rébellion grondait sourdement en lui. Il était trop jeune, trop robuste, trop bouillonnant de sève pour assister sans révolte à l'écroulement de ses espérances. Lui faudrait-il user toute sa vie à vivre auprès d'une femme aigrie et maussade ? Il avait eu d'autres aspirations : ces aspirations, il avait dû les sacrifier, une à une, à l'étroitesse d'esprit et à l'ignorance de Zeena ; et, en fin de compte, qu'avait-il retiré de ces sacrifices ? Sa femme était cent fois plus maussade et plus acariâtre qu'au temps où il l'avait épousée : la seule joie qu'elle parût ressentir était de le faire souffrir. Tous ses instincts d'être jeune et bien portant se soulevaient contre l'inutilité de ses souffrances…

5 Il s'enveloppa dans sa vieille pelisse de raton pelée et s'allongea sur le divan. Sous sa joue, il sentit un objet dur et bosselé. C'était un coussin que Zeena avait brodé pour lui au temps de leurs fiançailles, le seul travail à l'aiguille qu'il lui eût jamais vu faire. Il le lança sur le plancher et appuya sa tête contre le mur…

6 He knew a case of a man over the mountain—a young fellow of about his own age—who had escaped from just such a life of misery by going West with the girl he cared for. His wife had divorced him, and he had married the girl and prospered. Ethan had seen the couple the summer before at Shadd's Falls, where they had come to visit relatives. They had a little girl with fair curls, who wore a gold locket and was dressed like a princess. The deserted wife had not done badly either. Her husband had given her the farm and she had managed to sell it, and with that and the alimony she had started a lunch-room at Bettsbridge and bloomed into activity and importance. Ethan was fired by the thought. Why should he not leave with Mattie the next day, instead of letting her go alone? He would hide his valise under the seat of the sleigh, and Zeena would suspect nothing till she went upstairs for her afternoon nap and found a letter on the bed…

7 His impulses were still near the surface, and he sprang up, re-lit the lantern, and sat down at the table. He rummaged in the drawer for a sheet of paper, found one, and began to write.

8 "Zeena, I've done all I could for you, and I don't see as it's been any use. I don't blame you, nor I don't blame myself. Maybe both of us will do better separate. I'm going to try my luck West, and you can sell the farm and mill, and keep the money—"

6 Ethan connaissait un jeune homme habitant l'autre versant de la montagne, à peu près de son âge, qui s'était évadé d'une vie comme la sienne en emmenant en Californie une jeune fille qu'il aimait. Sa femme avait divorcé ; il avait épousé sa compagne, et il était heureux. L'été précédent, Frome avait rencontré le nouveau ménage à Shadd's Falls, où il se trouvait en visite chez des parents. Une petite fille était née du mariage : elle avait de jolis cheveux blonds et bouclés, et on l'habillait en princesse, avec un médaillon en or autour du cou… La première femme du jeune homme n'avait pas mal réussi non plus. Son mari, en la quittant, lui avait laissé la ferme, qu'elle avait bien vendue, et le produit tiré de cette vente, joint à sa pension alimentaire, lui avait permis d'ouvrir à Bettsbridge un restaurant qui prospérait.

Cette histoire revint soudain à l'esprit de Frome. Pourquoi, quand Mattie partait le lendemain, ne l'accompagnerait-il pas, au lieu de la laisser s'en aller toute seule ? Il cacherait sa valise sous le siège du traîneau ; Zeena ne se douterait de rien jusqu'au moment où elle monterait dans la chambre faire son somme quotidien : à ce moment seulement elle trouverait une lettre de son mari sur son lit…

7 Il était encore à l'âge où l'acte succède aussitôt à la pensée. Il se remit sur pied, ralluma la lanterne et s'assit à son bureau. Il fouilla dans le tiroir, prit une feuille de papier et se mit à écrire :

8 Zeena, j'ai fait pour vous tout ce que j'ai pu faire, et je ne vois pas à quoi cela a servi. Ce n'est sans doute pas de votre faute ; et ce n'est certes pas de la mienne. Peut-être vaut-il mieux nous séparer. Je m'en vais dans l'Ouest tenter la chance. Je vous laisse la ferme et la scierie. Vous pouvez les vendre et garder l'argent…

9 His pen paused on the word, which brought home to him the relentless conditions of his lot. If he gave the farm and mill to Zeena what would be left him to start his own life with? Once in the West he was sure of picking up work—he would not have feared to try his chance alone. But with Mattie depending on him the case was different. And what of Zeena's fate? Farm and mill were mortgaged to the limit of their value, and even if she found a purchaser—in itself an unlikely chance—it was doubtful if she could clear a thousand dollars on the sale. Meanwhile, how could she keep the farm going? It was only by incessant labour and personal supervision that Ethan drew a meagre living from his land, and his wife, even if she were in better health than she imagined, could never carry such a burden alone.

10 Well, she could go back to her people, then, and see what they would do for her. It was the fate she was forcing on Mattie—why not let her try it herself? By the time she had discovered his whereabouts, and brought suit for divorce, he would probably—wherever he was—be earning enough to pay her a sufficient alimony. And the alternative was to let Mattie go forth alone, with far less hope of ultimate provision...

11 He had scattered the contents of the table-drawer in his search for a sheet of paper, and as he took up his pen his eye fell on an old copy of the Bettsbridge Eagle. The advertising sheet was folded uppermost, and he read the seductive words: "Trips to the West: Reduced Rates."

9 Sa plume s'arrêta sur ce mot, qui brutalement le ramenait à la réalité impitoyable. S'il donnait la ferme et la scierie à Zeena, que lui resterait-il à lui-même pour se refaire une vie ? Une fois dans l'Ouest, il était bien certain de trouver du travail. Seul, il n'eût pas craint de risquer l'aventure. Mais avec Mattie la situation serait autre... Et quel serait, d'autre part, le sort de Zeena ? La maison et la scierie étaient hypothéquées jusqu'à la limite de leur valeur. Dans le cas, déjà improbable, où elles trouveraient acquéreur, il était douteux que sa femme retirât de la vente plus d'un millier de dollars. En attendant, comment pourrait-elle exploiter la propriété ? C'était seulement par un labeur incessant et une surveillance personnelle qu'il arrivait, lui, à en tirer un maigre rendement ; et, même en admettant que sa femme fût en meilleure santé qu'elle ne se l'imaginait, jamais elle ne parviendrait à porter seule un pareil fardeau.

10 Elle pourrait, il est vrai, rentrer dans sa famille : elle verrait alors ce que ses parents étaient prêts à faire pour elle. C'était la solution qu'elle imposait à Mattie ; pourquoi ne pas lui laisser courir le risque elle-même ? Lorsqu'elle aurait découvert où les amoureux s'étaient établis, et qu'elle intenterait une action en divorce, il serait vraisemblablement en mesure de lui servir une pension alimentaire convenable ; tandis que Mattie, chassée seule de la ferme, aurait bien moins de facilité à se tirer d'affaire.

11 Il avait bouleversé son bureau en cherchant une feuille de papier. Comme il reprenait la plume, il vit au fond du tiroir un vieux numéro du *Bettsbridge Eagle*. La page des annonces était sous ses yeux, et il y lut : « Excursions dans l'Ouest : tarifs réduits... »

12 He drew the lantern nearer and eagerly scanned the fares; then the paper fell from his hand and he pushed aside his unfinished letter. A moment ago he had wondered what he and Mattie were to live on when they reached the West; now he saw that he had not even the money to take her there. Borrowing was out of the question: six months before he had given his only security to raise funds for necessary repairs to the mill, and he knew that without security no one at Starkfield would lend him ten dollars. The inexorable facts closed in on him like prison-warders handcuffing a convict. There was no way out—none. He was a prisoner for life, and now his one ray of light was to be extinguished.

13 He crept back heavily to the sofa, stretching himself out with limbs so leaden that he felt as if they would never move again. Tears rose in his throat and slowly burned their way to his lids.

14 As he lay there, the window-pane that faced him, growing gradually lighter, inlaid upon the darkness a square of moon-suffused sky. A crooked tree-branch crossed it, a branch of the apple-tree under which, on summer evenings, he had sometimes found Mattie sitting when he came up from the mill. Slowly the rim of the rainy vapours caught fire and burnt away, and a pure moon swung into the blue. Ethan, rising on his elbow, watched the landscape whiten and shape itself under the sculpture of the moon. This was the night on which he was to have taken Mattie coasting, and there hung the lamp to light them! He looked out at the slopes bathed in lustre, the silver-edged darkness of the woods, the spectral purple of the hills against the sky, and it seemed as though all the beauty of the night had been poured out to mock his wretchedness…

12 Il rapprocha la lumière et parcourut la liste des prix... Le journal lui tomba des mains. Il poussa loin de lui sa lettre inachevée... L'instant d'avant, il s'était demandé comment ils vivraient, Mattie et lui, une fois arrivée dans l'Ouest. Et maintenant il se rendait compte qu'il n'avait même pas l'argent du voyage ! Emprunter était hors de question. Six mois auparavant il avait donné sa dernière garantie pour obtenir les fonds nécessaires à la réparation de la scierie, et il savait bien que, sans garantie, il ne trouverait personne dans Starkfield pour lui prêter dix dollars. Les faits inexorables s'abattaient sur lui comme les mains d'un geôlier attachant les menottes à un forçat. Il n'y avait pour lui aucune issue... aucune. Il était prisonnier pour le vie ; et le seul rayon de lumière qui éclairait sa nuit était sur le point de s'évanouir.

13 Il s'affala lourdement sur le divan. Tous ses membres étaient si lourds qu'il avait l'impression de ne plus jamais pouvoir les remuer. Des larmes lui emplirent la gorge et creusèrent un sillon brûlant jusqu'à ses paupières...

14 Tandis qu'il demeurait ainsi, étendu dans l'obscurité, la fenêtre en face de lui s'éclaira peu à peu, encadrant un coin de ciel d'une clarté laiteuse. Une branche tordue s'y profilait ; une branche de ce pommier sous lequel, en rentrant de la scierie, il trouvait parfois Mattie assise pendant les soirs d'été. Lentement, le voile des vapeurs pluvieuses prit feu et se déchira, et l'astre apparut, tout pur, suspendu dans la nuit bleue. Ethan se dressa sur le coude et regarda le paysage qui blanchissait peu à peu et arrondissait ses contours sous la sculpture de la lune. C'était cette nuit même qu'ils devaient, Mattie et lui, aller au village pour leur partie de luge ; et voilà que devant lui s'allumait la lampe qui les eût éclairés ! Le cœur lourd, il contemplait les pentes lumineuses, les bois sombres auréolés d'argent, les collines nébuleuses se confondant avec le bleu violacé de l'horizon ; et il lui sembla que la nature étalait devant lui toute cette beauté nocturne pour mieux se jouer de son désespoir.

15 He fell asleep, and when he woke the chill of the winter dawn was in the room. He felt cold and stiff and hungry, and ashamed of being hungry. He rubbed his eyes and went to the window. A red sun stood over the grey rim of the fields, behind trees that looked black and brittle. He said to himself: “This is Matt’s last day,” and tried to think what the place would be without her.

16 As he stood there he heard a step behind him and she entered.

17 “Oh, Ethan—were you here all night?”

18 She looked so small and pinched, in her poor dress, with the red scarf wound about her, and the cold light turning her paleness sallow, that Ethan stood before her without speaking.

19 “You must be frozen,” she went on, fixing lustreless eyes on him.

20 He drew a step nearer. “How did you know I was here?”

21 “Because I heard you go down stairs again after I went to bed, and I listened all night, and you didn’t come up.”

22 All his tenderness rushed to his lips. He looked at her and said: “I’ll come right along and make up the kitchen fire.”

23 They went back to the kitchen, and he fetched the coal and kindlings and cleared out the stove for her, while she brought in the milk and the cold remains of the meat-pie. When warmth began to radiate from the stove, and the first ray of sunlight lay on the kitchen floor, Ethan’s dark thoughts melted in the mellower air. The sight of Mattie going about her work as he had seen her on so many mornings made it seem impossible that she should ever cease to be a part of the scene. He said to himself that he had doubtless exaggerated the significance of Zeena’s threats, and that she too, with the return of daylight, would come to a saner mood.

15 Il s'assoupit... Lorsqu'il se réveilla, le froid de l'aube d'hiver emplissait la chambre. Il était gelé et courbatu. Il avait faim et en était honteux. Il se frotta les yeux et s'approcha de la fenêtre. Un soleil rouge paraissait à peine au-dessus de la morne étendue des champs gris; contre son disque en feu les arbres se dessinaient, noirs et grêles. « C'est le dernier jour de Mattie », se dit-il... Et il essaya de se représenter ce que serait la maison, sans elle.

16 Tandis qu'il demeurait ainsi, il entendit des pas derrière lui, et Mattie entra.

17 — Oh! Ethan... c'est ici que vous avez passé la nuit?

18 Dans sa pauvre robe étriquée, la tête enveloppée de son écharpe rouge, sous la lumière blafarde qui accusait sa pâleur, elle paraissait si maigre, si grelottante, qu'il ne trouva pas un mot à lui répondre.

19 — Vous devez être gelé, continua-t-elle, fixant sur lui des yeux las.

20 Il fit un pas vers elle.

— Comment saviez-vous que j'étais ici?

21 — Je vous ai entendu redescendre l'escalier hier soir, et toute la nuit j'ai prêté l'oreille... Vous n'êtes pas remonté...

22 Toute la tendresse de Frome reflua à ses lèvres. Il regarda Mattie et lui dit:

— Je vais venir tout de suite allumer le feu de la cuisine.

23 Ils allèrent ensemble à la cuisine, et Ethan apporta le petit bois et le charbon; puis il nettoya le fourneau. Pendant ce temps, Mattie mettait sur la table le pot de lait et les restes froids du pâté. Lorsque la chaleur commença à monter du poêle et que le premier rayon de soleil s'allongea sur le plancher de la cuisine, les sombres pensées d'Ethan se dissipèrent dans la tiédeur environnante. La vue de Mattie, vaquant à sa besogne comme il la voyait faire tous les matins, l'empêchait de croire qu'elle pût jamais cesser de partager

24 He went up to Mattie as she bent above the stove, and laid his hand on her arm. "I don't want you should trouble either," he said, looking down into her eyes with a smile.

25 She flushed up warmly and whispered back: "No, Ethan, I ain't going to trouble."

26 "I guess things'll straighten out," he added.

27 There was no answer but a quick throb of her lids, and he went on: "She ain't said anything this morning?"

28 "No. I haven't seen her yet."

29 "Don't you take any notice when you do."

30 With this injunction he left her and went out to the cow-barn. He saw Jotham Powell walking up the hill through the morning mist, and the familiar sight added to his growing conviction of security.

31 As the two men were clearing out the stalls Jotham rested on his pitch-fork to say: "Dan'l Byrne's goin' over to the Flats to-day noon, an' he c'd take Mattie's trunk along, and make it easier ridin' when I take her over in the sleigh."

32 Ethan looked at him blankly, and he continued: "Mis' Frome said the new girl'd be at the Flats at five, and I was to take Mattie then, so's 't she could ketch the six o'clock train for Stamford."

33 Ethan felt the blood drumming in his temples. He had to wait a moment before he could find voice to say: "Oh, it ain't so sure about Mattie's going—"

sa vie. Il se disait qu'il avait sans doute exagéré la portée des menaces de Zeena, et qu'elle-même, avec le jour, deviendrait plus accessible à la raison.

24 Se dirigeant vers Mattie, qui était penchée au-dessus du fourneau, il posa la main sur son bras :

— Il ne faut pas vous tourmenter, vous non plus, — dit-il, — la regardant dans les yeux avec un sourire.

25 Elle devint toute rouge et murmura :

— Non, Ethan, je ne me tourmenterai pas…

26 — Les choses s'arrangeront…

27 Un rapide battement des paupières fut la seule réponse qu'elle lui fit… Il continua :

— Elle n'a rien dit, ce matin ?

28 — Non… je ne l'ai pas encore vue…

29 — Ne faites pas attention à ce qu'elle pourra vous dire.

30 Ils se séparèrent, et Ethan se rendit à l'étable. En sortant de la maison il vit Jotham Powell qui montait la colline, dans la brume matinale : sa vue ajouta au nouveau sentiment de sécurité d'Ethan.

31 Tandis que les deux hommes nettoyaient les stalles des vaches, Jotham lui dit, en s'appuyant sur sa fourche :

— Daniel Byrne doit aller aux Flats à midi : il pourra emporter la malle de Mattie. Ça nous gênerait plutôt dans le *cutter*, quand je la conduirai à la gare.

32 Ethan lui jeta un coup d'œil stupéfait et Jotham continua :

— Mrs. Frome m'a dit que je devais prendre la nouvelle servante à la gare des Flats à cinq heures, et qu'en même temps je pourrais y conduire Mattie, de façon qu'elle puisse attraper le train de six heures pour Stamford.

33 Le sang d'Ethan bourdonnait dans ses tempes. Il lui fallut un moment pour retrouver la parole ; puis il dit négligemment :

— Il n'est pas encore certain que Mattie parte…

34 "That so?" said Jotham indifferently; and they went on with their work.

35 When they returned to the kitchen the two women were already at breakfast. Zeena had an air of unusual alertness and activity. She drank two cups of coffee and fed the cat with the scraps left in the pie-dish; then she rose from her seat and, walking over to the window, snipped two or three yellow leaves from the geraniums. "Aunt Martha's ain't got a faded leaf on 'em; but they pine away when they ain't cared for," she said reflectively. Then she turned to Jotham and asked: "What time'd you say Dan'l Byrne'd be along?"

36 The hired man threw a hesitating glance at Ethan. "Round about noon," he said.

37 Zeena turned to Mattie. "That trunk of yours is too heavy for the sleigh, and Dan'l Byrne'll be round to take it over to the Flats," she said.

38 "I'm much obliged to you, Zeena," said Mattie.

39 "I'd like to go over things with you first," Zeena continued in an unperturbed voice. "I know there's a huckabuck towel missing; and I can't make out what you done with that match-safe 't used to stand behind the stuffed owl in the parlour."

40 She went out, followed by Mattie, and when the men were alone Jotham said to his employer: "I guess I better let Dan'l come round, then."

41 Ethan finished his usual morning tasks about the house and barn; then he said to Jotham: "I'm going down to Starkfield. Tell them not to wait dinner."

34 — Ah, bon ! — répondit Jotham d'une voix indifférente. Et ils se remirent tous deux à leur besogne.

35 Lorsqu'ils rentrèrent dans la cuisine, les deux femmes s'étaient déjà attablées. Zeena paraissait plus éveillée et plus active que de coutume. Elle but coup sur coup deux tasses de café et donna au chat les miettes du pâté. Puis elle se leva et, allant vers la fenêtre, enleva aux géraniums deux ou trois feuilles jaunies.

— Ceux de tante Martha n'ont pas une feuille morte ; mais voilà ; les plantes dépérissent toujours quand on ne les soigne pas, — dit-elle sur un ton pensif. — Puis elle se retourna vers Jotham et lui demanda :

— A quelle heure Daniel Byrne passera-t-il ?

36 Le journalier lança un coup d'œil hésitant à Ethan.

— Vers midi.

37 — Votre malle est trop lourde pour le *cutter*, continua Zeena en s'adressant à Mattie ; Daniel Byrne la portera aux Flats…

38 — Je vous remercie, Zeena.

39 — Il y a plusieurs choses que je voudrais passer en revue avec vous, — poursuivit-elle d'une voix impassible. — Il manque une serviette de grosse toile, et puis je me demande ce que vous avez pu faire du porte-allumettes qui se trouvait toujours dans le *parlour*, derrière le hibou empaillé.

40 Elle sortit, suivie de Mattie, et lorsque les hommes se retrouvèrent seuls, Jotham dit à Frome :

— Vaut mieux laisser venir Daniel…

41 Ethan finit sa besogne accoutumée à la ferme et aux écuries. Puis il annonça à Jotham :

— Je vais à Starkfield. Dites que l'on ne m'attende pas pour le dîner.

42 The passion of rebellion had broken out in him again. That which had seemed incredible in the sober light of day had really come to pass, and he was to assist as a helpless spectator at Mattie's banishment. His manhood was humbled by the part he was compelled to play and by the thought of what Mattie must think of him. Confused impulses struggled in him as he strode along to the village. He had made up his mind to do something, but he did not know what it would be.

43 The early mist had vanished and the fields lay like a silver shield under the sun. It was one of the days when the glitter of winter shines through a pale haze of spring. Every yard of the road was alive with Mattie's presence, and there was hardly a branch against the sky or a tangle of brambles on the bank in which some bright shred of memory was not caught. Once, in the stillness, the call of a bird in a mountain ash was so like her laughter that his heart tightened and then grew large; and all these things made him see that something must be done at once.

44 Suddenly it occurred to him that Andrew Hale, who was a kind-hearted man, might be induced to reconsider his refusal and advance a small sum on the lumber if he were told that Zeena's ill-health made it necessary to hire a servant. Hale, after all, knew enough of Ethan's situation to make it possible for the latter to renew his appeal without too much loss of pride; and, moreover, how much did pride count in the ebullition of passions in his breast?

45 The more he considered his plan the more hopeful it seemed. If he could get Mrs. Hale's ear he felt certain of success, and with fifty dollars in his pocket nothing could keep him from Mattie…

42 De nouveau, il se sentait pris d'une fièvre de révolte. Ce qui lui avait semblé incroyable à la lumière du jour était cependant en voie de réalisation, et il lui faudrait assister en spectateur impuissant au renvoi de Mattie! Humilié dans sa fierté d'homme par le rôle qu'il était obligé de tenir, il se demandait avec amertume ce que Mattie pouvait bien penser de lui. Tandis qu'il s'acheminait vers le village, des résolutions contradictoires se débattaient en lui. Il voulait faire quelque chose, mais il ne savait pas encore ce qu'il ferait...

43 Le brouillard du matin s'était dissipé, et les champs neigeux s'étendaient sous le soleil comme un immense bouclier d'argent. C'était une de ces journées où le scintillement du froid est adouci comme par une vaporeuse buée de printemps. Chaque pas sur cette route évoquait pour Ethan le souvenir de Mattie. A toutes les branches nues se dessinant contre le ciel, et au fouillis roussâtre du talus qui bordait le chemin creux, flottaient les souvenirs de leur intimité passée. La roulade d'un oiseau dans un frêne au bord de la route résonna au milieu de l'air calme comme le rire même de la jeune fille: et le cœur d'Ethan se contracta, puis s'élargit à nouveau. Il sentit alors qu'à tout prix il fallait agir.

44 Soudain il se dit qu'Andrew Hale avait le cœur généreux, et que peut-être il reviendrait sur son refus s'il apprenait que l'état de santé de Zeena forçait les Frome à prendre une servante. Hale, après tout, était assez au courant de la situation d'Ethan pour que celui-ci pût, sans un trop grand sacrifice d'amour-propre, tenter une nouvelle démarche. Et d'ailleurs, dans ce drame passionné qui se jouait en son âme, de tels scrupules ne comptaient plus guère.

45 Plus il songeait à son projet, plus celui-ci lui semblait réalisable. S'il pouvait parler à Mrs. Hale, il était certain du succès; et avec cinquante dollars en poche rien ne pourrait plus l'empêcher d'accompagner Mattie...

46 His first object was to reach Starkfield before Hale had started for his work; he knew the carpenter had a job down the Corbury road and was likely to leave his house early. Ethan's long strides grew more rapid with the accelerated beat of his thoughts, and as he reached the foot of School House Hill he caught sight of Hale's sleigh in the distance. He hurried forward to meet it, but as it drew nearer he saw that it was driven by the carpenter's youngest boy and that the figure at his side, looking like a large upright cocoon in spectacles, was that of Mrs. Hale. Ethan signed to them to stop, and Mrs. Hale leaned forward, her pink wrinkles twinkling with benevolence.

47 "Mr. Hale? Why, yes, you'll find him down home now. He ain't going to his work this forenoon. He woke up with a touch o' lumbago, and I just made him put on one of old Dr. Kidder's plasters and set right up into the fire."

48 Beaming maternally on Ethan, she bent over to add: "I on'y just heard from Mr. Hale 'bout Zeena's going over to Bettsbridge to see that new doctor. I'm real sorry she's feeling so bad again! I hope he thinks he can do something for her. I don't know anybody round here's had more sickness than Zeena. I always tell Mr. Hale I don't know what she'd 'a' done if she hadn't 'a' had you to look after her; and I used to say the same thing 'bout your mother. You've had an awful mean time, Ethan Frome."

49 She gave him a last nod of sympathy while her son chirped to the horse; and Ethan, as she drove off, stood in the middle of the road and stared after the retreating sleigh.

46 Pour le moment, l'essentiel était d'atteindre Starkfield avant que Hale ne partît pour son travail. Frome savait que l'entrepreneur devait quitter le village de bonne heure afin d'aller surveiller une construction sur la route de Corbury. Les longues enjambées du jeune homme devinrent plus rapides à mesure que ses pensées s'accéléraient, et, comme il arrivait au pied de la montée de la School House, il vit au loin le traîneau du constructeur. Il hâta le pas, mais en approchant il s'aperçut que le traîneau était conduit par le plus jeune fils de Hale. A son côté se trouvait Mrs. Hale, si emmitouflée qu'elle ressemblait à un gros cocon de chenille auquel on aurait mis des lunettes. Ethan leur fit signe d'arrêter, et Mrs. Hale se pencha vers lui, souriant de toutes ses bonnes rides roses.

47 — Mr. Hale? Je crois bien. Vous le trouverez à la maison. Il n'est pas à son travail ce matin… Il s'est réveillé avec un peu de lombago, et je viens de lui poser un des emplâtres du docteur Kidder, en lui recommandant de ne pas quitter le coin du feu.

48 Jetant un regard maternel sur Frome, elle se pencha davantage pour ajouter:

— Mr. Hale vient justement de m'apprendre que Zeena a été à Bettsbridge consulter un nouveau médecin. Je suis vraiment désolée qu'elle soit toujours si souffrante. J'espère que le docteur Buck lui fera du bien. Je ne connais personne dans le pays qui ait été plus éprouvé que Zeena. Je dis souvent à mon mari que je ne sais pas ce qu'elle serait devenue si vous n'aviez pas été là. Je le disais déjà autrefois, à propos de votre mère. Vous avez toujours eu la vie bien dure, mon pauvre Ethan…

49 Elle le salua d'un dernier petit signe de tête amical, tandis que son fils encourageait le cheval de la voix. Ethan demeura au milieu de la route, et regarda le traîneau s'éloigner…

50 It was a long time since any one had spoken to him as kindly as Mrs. Hale. Most people were either indifferent to his troubles, or disposed to think it natural that a young fellow of his age should have carried without repining the burden of three crippled lives. But Mrs. Hale had said, "You've had an awful mean time, Ethan Frome," and he felt less alone with his misery. If the Hales were sorry for him they would surely respond to his appeal…

51 He started down the road toward their house, but at the end of a few yards he pulled up sharply, the blood in his face. For the first time, in the light of the words he had just heard, he saw what he was about to do. He was planning to take advantage of the Hales' sympathy to obtain money from them on false pretences. That was a plain statement of the cloudy purpose which had driven him in headlong to Starkfield.

52 With the sudden perception of the point to which his madness had carried him, the madness fell and he saw his life before him as it was. He was a poor man, the husband of a sickly woman, whom his desertion would leave alone and destitute; and even if he had had the heart to desert her he could have done so only by deceiving two kindly people who had pitied him.

53 He turned and walked slowly back to the farm.

50 Il y avait longtemps qu'on ne lui avait parlé avec autant de bonté. La plupart des gens étaient indifférents à ses soucis ou enclins à trouver tout naturel qu'un jeune homme de son âge eut porté sans murmurer le fardeau de trois existences avortées. Mais Mrs. Hale lui avait dit: « Vous avez toujours eu la vie bien dure, mon pauvre Ethan... », et il se sentait moins isolé dans son malheur. Puisque les Hale le plaignaient, ils répondraient sûrement à son appel...

51 Il se remit en marche, mais au bout de quelques mètres le sang lui monta brusquement au visage. Pour la première fois, à la clarté des mots qu'il venait d'entendre, il discernait nettement ce qu'il était sur le point de faire. Il était parti de chez lui avec l'intention de profiter de la sympathie des Hale pour leur soutirer, sous un faux prétexte, l'argent qui lui eût permis d'enlever Mattie Silver. C'était là la raison secrète qui l'avait conduit à Starkfield...

52 Il perçut brusquement l'extrémité à laquelle sa folie l'avait porté; et aussitôt la folie tomba, et sa vie lui apparut telle qu'elle était réellement. Il était un homme pauvre, le mari d'une femme malade, que son abandon eût laissée seule et sans ressources; et même s'il avait eu le cœur de l'abandonner, il n'eut pu le faire qu'en abusant deux braves gens qui lui avaient témoigné de la sympathie.

53 Il rebroussa chemin et reprit lentement la route de la ferme.

IX

1 At the kitchen door Daniel Byrne sat in his sleigh behind a big-boned grey who pawed the snow and swung his long head restlessly from side to side.

2 Ethan went into the kitchen and found his wife by the stove. Her head was wrapped in her shawl, and she was reading a book called "Kidney Troubles and Their Cure" on which he had had to pay extra postage only a few days before.

3 Zeena did not move or look up when he entered, and after a moment he asked: "Where's Mattie?"

4 Without lifting her eyes from the page she replied: "I presume she's getting down her trunk."

5 The blood rushed to his face. "Getting down her trunk—alone?"

6 "Jotham Powell's down in the wood-lot, and Dan'l Byrne says he darsn't leave that horse," she returned.

7 Her husband, without stopping to hear the end of the phrase, had left the kitchen and sprung up the stairs. The door of Mattie's room was shut, and he wavered a moment on the landing. "Matt," he said in a low voice; but there was no answer, and he put his hand on the door-knob.

IX

1 Daniel Byrne était assis dans son traîneau, devant la porte. Son cheval gris piétinait la neige et secouait sans cesse sa longue tête méchante.

2 Ethan rentra dans la cuisine. Il trouva sa femme auprès du poêle. Sa tête était enveloppée d'un châle, et elle lisait un livre intitulé: *Les maladies de rein et leur guérison*, pour lequel Ethan avait dû payer, quelques jours auparavant, un assez lourd port supplémentaire.

3 A son entrée, Zeena demeura immobile, les yeux toujours fixés sur son livre. Il attendit un instant, puis il lui demanda:

— Où est Mattie?

4 Tout en continuant de lire, elle lui répondit:

— Elle est sans doute en train de descendre sa malle.

5 Le sang colora le visage de Frome.

— Elle descend sa malle... toute seule? ...

6 — Jotham Powell est reparti pour le taillis et Daniel Byrne n'ose pas quitter son cheval...

7 Son mari n'écouta même pas la fin de la phrase. Il grimpa l'escalier d'un trait. La porte de la chambre de Mattie était fermée et il hésita une seconde sur le palier.

— Matt, — dit-il à voix basse.

Elle ne répondit pas et il posa la main sur le loquet.

8 He had never been in her room except once, in the early summer, when he had gone there to plaster up a leak in the eaves, but he remembered exactly how everything had looked: the red-and-white quilt on her narrow bed, the pretty pin-cushion on the chest of drawers, and over it the enlarged photograph of her mother, in an oxydized frame, with a bunch of dyed grasses at the back. Now these and all other tokens of her presence had vanished, and the room looked as bare and comfortless as when Zeena had shown her into it on the day of her arrival. In the middle of the floor stood her trunk, and on the trunk she sat in her Sunday dress, her back turned to the door and her face in her hands. She had not heard Ethan's call because she was sobbing and she did not hear his step till he stood close behind her and laid his hands on her shoulders.

9 "Matt—oh, don't—oh, Matt!"

10 She started up, lifting her wet face to his. "Ethan—I thought I wasn't ever going to see you again!"

11 He took her in his arms, pressing her close, and with a trembling hand smoothed away the hair from her forehead.

12 "Not see me again? What do you mean?"

13 She sobbed out: "Jotham said you told him we wasn't to wait dinner for you, and I thought—"

14 "You thought I meant to cut it?" he finished for her grimly.

8 Il n'avait pénétré qu'une fois dans la chambre de la jeune fille. C'était au début de l'été, quand il y était entré pour couler du plâtre au bord du toit. Mais il conservait dans sa mémoire le souvenir fidèle de tout ce qu'il y avait vu : le lit étroit avec son couvre-pied rouge et blanc, la jolie pelote sur la commode, et, au mur, une photographie agrandie de sa mère, dans un cadre de métal argenté, surmonté de monnaies du pape.

Maintenant tout ce qui lui appartenait avait été enlevé de la pièce : elle était aussi nue, aussi peu accueillante que lorsque Zeena y avait introduit la jeune fille le jour de son arrivée. La malle était au milieu du parquet et Mattie était assise dessus, vêtue de sa robe des dimanches. Elle tournait le dos à la porte et cachait sa figure entre ses mains. A travers ses sanglots elle n'avait point entendu l'appel de Frome, et elle n'entendit son pas qu'au moment où il lui posa les mains sur les épaules.

9 — Oh ! Matt… je vous en supplie… ne pleurez pas ainsi…

10 Elle sursauta, se dressa, et tourna vers lui son visage baigné de larmes.

— Ethan… je croyais que je ne vous reverrais plus ! …

11 Il la prit dans ses bras, la serra contre lui et d'une main tremblante caressa les cheveux épars sur son front.

12 — Ne plus me revoir… Que voulez-vous dire ? …

13 Entre deux sanglots elle reprit :

— Vous aviez prévenu Jotham qu'on ne vous attendit pas pour le dîner, et alors j'ai cru…

14 Il acheva la phrase avec amertume :

— Vous avez cru que j'avais l'intention de ne pas revenir ?

15 She clung to him without answering, and he laid his lips on her hair, which was soft yet springy, like certain mosses on warm slopes, and had the faint woody fragrance of fresh sawdust in the sun.

16 Through the door they heard Zeena's voice calling out from below: "Dan'l Byrne says you better hurry up if you want him to take that trunk."

17 They drew apart with stricken faces. Words of resistance rushed to Ethan's lips and died there. Mattie found her handkerchief and dried her eyes; then, bending down, she took hold of a handle of the trunk.

18 Ethan put her aside. "You let go, Matt," he ordered her.

19 She answered: "It takes two to coax it round the corner"; and submitting to this argument he grasped the other handle, and together they manoeuvred the heavy trunk out to the landing.

20 "Now let go," he repeated; then he shouldered the trunk and carried it down the stairs and across the passage to the kitchen. Zeena, who had gone back to her seat by the stove, did not lift her head from her book as he passed. Mattie followed him out of the door and helped him to lift the trunk into the back of the sleigh. When it was in place they stood side by side on the door-step, watching Daniel Byrne plunge off behind his fidgety horse.

21 It seemed to Ethan that his heart was bound with cords which an unseen hand was tightening with every tick of the clock. Twice he opened his lips to speak to Mattie and found no breath. At length, as she turned to re-enter the house, he laid a detaining hand on her.

22 "I'm going to drive you over, Matt," he whispered.

15 Sans répondre, elle se pendit à son cou. Il posa les lèvres sur ses cheveux, qui avaient la souplesse et la douceur de certaines mousses sur des pentes tiédies, et qui dégageaient la senteur aromatique de la sciure de bois au soleil.

16 A travers la porte ils entendirent la voix de Zeena qui criait :

— Daniel Byrne dit que vous ferez bien de vous dépêcher si vous voulez qu'il emporte votre malle.

17 Ils s'écartèrent l'un de l'autre, le visage navré. Des mots de révolte montèrent aux lèvres de Frome, mais y moururent. Mattie chercha son mouchoir et se sécha les yeux ; puis, se penchant, elle saisit une des poignées de la malle.

18 Ethan l'écarta aussitôt.

— Laissez cela, Mattie, — ordonna-t-il.

19 Elle répondit :

— Il faut être deux pour pouvoir tourner le coin…

20 Ethan, sans plus discuter, s'empara de l'autre poignée, et ensemble ils portèrent la malle sur le palier.

— Maintenant, laissez-moi faire, — dit-il.

Il chargea le colis sur son épaule, descendit l'escalier et traversa la cuisine. Zeena, toujours assise auprès du poêle, s'était replongée dans sa lecture : elle ne leva même pas les yeux quand il passa. Mattie le suivit jusqu'à la porte d'entrée et l'aida à placer la malle à l'arrière du traîneau. Puis, à côté l'un de l'autre, ils demeurèrent sur le seuil à regarder Daniel Byrne s'éloigner au grand trot de son cheval impatient.

21 Il semblait à Ethan que son cœur était ligotté par des cordes qu'une main invisible resserrait à chaque tic tac de la pendule. Deux fois il ouvrit la bouche pour adresser la parole à Mattie, et deux fois le souffle lui manqua. Enfin, comme elle se retournait pour rentrer il posa la main sur son bras et la retint.

22 — Je vous conduirai moi-même, Mattie, — dit-il.

23 She murmured back: "I think Zeena wants I should go with Jotham."

24 "I'm going to drive you over," he repeated; and she went into the kitchen without answering.

25 At dinner Ethan could not eat. If he lifted his eyes they rested on Zeena's pinched face, and the corners of her straight lips seemed to quiver away into a smile. She ate well, declaring that the mild weather made her feel better, and pressed a second helping of beans on Jotham Powell, whose wants she generally ignored.

26 Mattie, when the meal was over, went about her usual task of clearing the table and washing up the dishes. Zeena, after feeding the cat, had returned to her rocking-chair by the stove, and Jotham Powell, who always lingered last, reluctantly pushed back his chair and moved toward the door.

27 On the threshold he turned back to say to Ethan: "What time'll I come round for Mattie?"

28 Ethan was standing near the window, mechanically filling his pipe while he watched Mattie move to and fro. He answered: "You needn't come round; I'm going to drive her over myself."

29 He saw the rise of the colour in Mattie's averted cheek, and the quick lifting of Zeena's head.

30 "I want you should stay here this afternoon, Ethan," his wife said. "Jotham can drive Mattie over."

31 Mattie flung an imploring glance at him, but he repeated curtly: "I'm going to drive her over myself."

23 Elle murmura à mi-voix :

— Je crois que Zeena préférerait que j'aille avec Jotham.

24 — Je vous conduirai moi-même, — répéta-t-il.

Sans répondre, elle rentra dans la cuisine.

25 Au repas de midi, Ethan fut incapable de manger. Dès qu'il levait les yeux il voyait devant lui le visage pincé de Zeena, et le sourire qui faisait remonter les coins de ses lèvres étroites. Elle mangeait abondamment, déclarant que le temps doux l'avait remontée ; et elle, qui d'habitude n'encourageait guère l'appétit de Jotham Powell, insista pour qu'il reprit des flageolets.

26 Le repas achevé, Mattie, comme à l'ordinaire se mit à débarrasser les couverts et à laver la vaisselle. Zeena, après avoir donné au chat sa pâtée, était revenue s'installer auprès du feu. Enfin, Jotham Powell, qui demeurait toujours le dernier à table, quitta lentement sa chaise et se dirigea vers la porte.

27 Sur le seuil il se retourna et s'adressant à Ethan :

— A quelle heure dois-je venir prendre Mattie ? — demanda-t-il.

28 Ethan se tenait auprès de la fenêtre ; il bourrait machinalement sa pipe, tout en regardant Mattie aller et venir. Il répondit :

— Je la conduirai moi-même.

29 Il vit la rougeur monter aux joues de la jeune fille, tandis que Zeena levait brusquement la tête.

30 — J'aurais besoin de vous cet après-midi, Ethan, — dit-elle, — Jotham conduira Mattie à la gare.

31 Mattie implora Frome du regard, mais il répéta d'un ton bref :

— Je la conduirai moi-même.

32 Zeena continued in the same even tone: "I wanted you should stay and fix up that stove in Mattie's room afore the girl gets here. It ain't been drawing right for nigh on a month now."

33 Ethan's voice rose indignantly. "If it was good enough for Mattie I guess it's good enough for a hired girl."

34 "That girl that's coming told me she was used to a house where they had a furnace," Zeena persisted with the same monotonous mildness.

35 "She'd better ha' stayed there then," he flung back at her; and turning to Mattie he added in a hard voice: "You be ready by three, Matt; I've got business at Corbury."

36 Jotham Powell had started for the barn, and Ethan strode down after him aflame with anger. The pulses in his temples throbbed and a fog was in his eyes. He went about his task without knowing what force directed him, or whose hands and feet were fulfilling its orders. It was not till he led out the sorrel and backed him between the shafts of the sleigh that he once more became conscious of what he was doing. As he passed the bridle over the horse's head, and wound the traces around the shafts, he remembered the day when he had made the same preparations in order to drive over and meet his wife's cousin at the Flats. It was little more than a year ago, on just such a soft afternoon, with a "feel" of spring in the air. The sorrel, turning the same big ringed eye on him, nuzzled the palm of his hand in the same way; and one by one all the days between rose up and stood before him…

32 Zeena reprit :

— J'ai besoin de vous pour réparer le poêle de la chambre de Mattie, avant que la servante n'arrive. Voici plus d'un mois qu'il ne tire plus.

33 Ethan repartit sur un ton indigné :

— Ce qui suffisait pour Mattie est bien assez bon pour une servante.

34 Zeena poursuivit avec la même douceur monotone :

— Elle m'a dit qu'elle avait l'habitude de servir dans des maisons chauffées au calorifère.

— Elle aurait mieux fait d'y rester, — lança-t-il.

35 Et se tournant vers Mattie, il ajouta d'une voix dure :

— Vous vous tiendrez prête pour trois heures. J'ai à faire à Corbury.

36 Jotham Powell s'était déjà mis en route pour l'écurie. Ethan le suivit. Ses tempes battaient, et il était aveuglé par une rage muette. Il se mit à l'ouvrage, sans savoir quelle force le dirigeait ne comment ses pieds et ses mains exécutaient ses ordres. Ce ne fut qu'au moment où il sortit l'alezan et le fit entrer dans les brancards du traîneau qu'il reprit conscience de ses actes. Tandis qu'il passait la bride par dessus la tête du cheval et qu'il enroulait les traits autour des brancards, il se souvint de l'après-midi où il avait fait les mêmes préparatifs pour aller au devant de Mattie, aux Flats, il y avait un peu plus d'un an. Comme aujourd'hui le temps avait été doux, avec un souffle de printemps dans l'air. L'alezan, tournant vers lui le même grand œil cerclé de noir, se frottait le museau contre la paume d'Ethan de la même façon… Un à un les jours qui s'étaient écoulés se dressèrent tous devant lui.

37 He flung the bearskin into the sleigh, climbed to the seat, and drove up to the house. When he entered the kitchen it was empty, but Mattie's bag and shawl lay ready by the door. He went to the foot of the stairs and listened. No sound reached him from above, but presently he thought he heard some one moving about in his deserted study, and pushing open the door he saw Mattie, in her hat and jacket, standing with her back to him near the table.

38 She started at his approach and turning quickly, said: "Is it time?"

39 "What are you doing here, Matt?" he asked her.

40 She looked at him timidly. "I was just taking a look round—that's all," she answered, with a wavering smile.

41 They went back into the kitchen without speaking, and Ethan picked up her bag and shawl.

42 "Where's Zeena?" he asked.

43 "She went upstairs right after dinner. She said she had those shooting pains again, and didn't want to be disturbed."

44 "Didn't she say good-bye to you?"

45 "No. That was all she said."

46 Ethan, looking slowly about the kitchen, said to himself with a shudder that in a few hours he would be returning to it alone. Then the sense of unreality overcame him once more, and he could not bring himself to believe that Mattie stood there for the last time before him.

47 "Come on," he said almost gaily, opening the door and putting her bag into the sleigh. He sprang to his seat and bent over to tuck the rug about her as she slipped into the place at his side. "Now then, go 'long," he said, with a shake of the reins that sent the sorrel placidly jogging down the hill.

37 Il jeta la peau d'ours dans le cutter, puis il y grimpa, et gagna la maison. Il trouva la cuisine vide ; seuls, le sac de Mattie et son plaid étaient placés auprès de la porte. Il alla jusqu'au pied de l'escalier et prêta l'oreille. Aucun bruit ne venait du premier étage, mais peu de temps après il lui sembla entendre remuer quelqu'un dans son « cabinet de travail ». Il poussa la porte : Mattie, en chapeau et en jaquette, se tenait debout près de la table, lui tournant le dos.

38 A son approche elle tressaillit et se retourna vivement.

— Est-il temps de partir ? — dit-elle.

39 — Que faites vous ici, Matt ?

40 Elle le regarda timidement :

— Je jetais un dernier coup d'œil… voilà tout, — répondit-elle avec un sourire hésitant.

41 Ils gagnèrent la cuisine en silence. Ethan prit le sac et le plaid.

42 — Où est Zeena ? — demanda-t-il.

43 — Elle est montée dans sa chambre tout de suite après le repas. Elle se plaignait encore de ses douleurs, et elle a défendu qu'on la dérangeât.

44 — Elle ne vous a pas dit adieu ?

45 — Non… C'est tout ce qu'elle a dit.

46 Ethan regarda lentement autour de lui. Il songeait, en frissonnant, que dans quelques heures, il rentrerait seul dans cette maison. Puis un sentiment d'irréalité s'empara de lui à nouveau, et il ne put croire que la jeune fille se trouvait là pour la dernière fois.

47 — Allons, venez ! — dit-il, d'une voix presque enjouée ; et il ouvrit la porte.

Il plaça le sac dans le traîneau et sauta sur la banquette. Mattie s'installa à côté de lui, et il se pencha pour l'envelopper dans la couverture.

— Hop ! en route ! cria-t-il au cheval. Il secoua les guides et le vieil alezan partit d'un pas tranquille.

48 "We got lots of time for a good ride, Matt!" he cried, seeking her hand beneath the fur and pressing it in his. His face tingled and he felt dizzy, as if he had stopped in at the Starkfield saloon on a zero day for a drink.

49 At the gate, instead of making for Starkfield, he turned the sorrel to the right, up the Bettsbridge road. Mattie sat silent, giving no sign of surprise; but after a moment she said: "Are you going round by Shadow Pond?"

50 He laughed and answered: "I knew you'd know!"

51 She drew closer under the bearskin, so that, looking sideways around his coat-sleeve, he could just catch the tip of her nose and a blown brown wave of hair. They drove slowly up the road between fields glistening under the pale sun, and then bent to the right down a lane edged with spruce and larch. Ahead of them, a long way off, a range of hills stained by mottlings of black forest flowed away in round white curves against the sky. The lane passed into a pine-wood with boles reddening in the afternoon sun and delicate blue shadows on the snow. As they entered it the breeze fell and a warm stillness seemed to drop from the branches with the dropping needles. Here the snow was so pure that the tiny tracks of wood-animals had left on it intricate lace-like patterns, and the bluish cones caught in its surface stood out like ornaments of bronze.

48 — Nous avons tout le temps de faire une belle promenade, — fit-il ; et cherchant la main de la jeune fille sous la fourrure, il la serra doucement. Le sang lui brûlait le visage, et la tête lui tournait comme si, par un jour de grand froid, il était entré boire un verre au bar de Starkfield.

49 La barrière franchie, au lieu de gagner le village, il prit à droite dans la direction de Bettsbridge. Mattie demeurait silencieuse et ne manifesta aucune surprise ; mais après un moment, elle dit :

— Vous allez faire le tour par Shadow Pond, n'est-ce pas ?

Il se mit à rire et répondit :

50 — Je savais bien que vous aviez deviné !

51 Elle se blottit sous la peau d'ours, de telle sorte que, lorsqu'Ethan, engoncé dans sa pelisse, la regardait de côté, il pouvait tout juste apercevoir le bout de son nez et une boucle brune que voltigeait. Ils cheminèrent lentement entre les champs qui miroitaient sous le soleil pâle ; puis ils s'engagèrent dans un chemin de traverse bordé de pins et de mélèzes. Au loin, devant eux, s'étendait une ligne de montagnes dont les ondulations blanches, marbrées de futaies brunes, se déroulaient contre le blanc horizon d'hiver. Puis le chemin s'enfonça dans un bois de sapins. Leurs fûts rougissaient à la lueur du soleil couchant, et projetaient sur la neige des ombres d'un bleu transparent. Sous le toit des arbres, la brise ne se faisait plus sentir. Une tiédeur paisible semblait tomber des branches avec la chute des aiguilles. La neige était si pure que les pattes des petites bêtes, putois, écureuils, oiseaux, avaient tracé sur elle des arabesques légères et dentelées. Les pommes de pin bleuissantes, à moitié enfouies dans cette blancheur immaculée, s'en détachaient avec le dur relief d'ornements de bronze.

52 Ethan drove on in silence till they reached a part of the wood where the pines were more widely spaced; then he drew up and helped Mattie to get out of the sleigh. They passed between the aromatic trunks, the snow breaking crisply under their feet, till they came to a small sheet of water with steep wooded sides. Across its frozen surface, from the farther bank, a single hill rising against the western sun threw the long conical shadow which gave the lake its name. It was a shy secret spot, full of the same dumb melancholy that Ethan felt in his heart.

53 He looked up and down the little pebbly beach till his eye lit on a fallen tree-trunk half submerged in snow.

54 "There's where we sat at the picnic," he reminded her.

55 The entertainment of which he spoke was one of the few that they had taken part in together: a "church picnic" which, on a long afternoon of the preceding summer, had filled the retired place with merry-making. Mattie had begged him to go with her but he had refused. Then, toward sunset, coming down from the mountain where he had been felling timber, he had been caught by some strayed revellers and drawn into the group by the lake, where Mattie, encircled by facetious youths, and bright as a blackberry under her spreading hat, was brewing coffee over a gipsy fire. He remembered the shyness he had felt at approaching her in his uncouth clothes, and then the lighting up of her face, and the way she had broken through the group to come to him with a cup in her hand. They had sat for a few minutes on the fallen log by the pond, and she had missed her gold locket, and set the young men searching for it; and it was Ethan who had spied it in the moss... That was all; but all their intercourse had been made up of just such inarticulate flashes, when they seemed to come suddenly upon happiness as if they had surprised a butterfly in the winter woods...

52 Ethan conduisait en silence, poussant le cheval vers un endroit où les sapins s'espaçaient ; puis il arrêta le traîneau et fit descendre Mattie.

Tous deux se mirent à marcher entre les troncs aromatiques. La neige durcie craquait sous leurs pas. Ils atteignirent enfin un étang aux rives escarpées et revêtues d'arbres. Une colline abrupte, au soleil couchant, allongeait une ombre conique sur la surface gelée de l'eau : cette ombre avait donné son nom à l'étang. C'était un endroit sauvage et retiré, d'où se dégageait une mélancolie morne semblable à celle qui oppressait le cœur d'Ethan.

53 Parcourant du regard la rive caillouteuse, il découvrit un tronc d'arbre abattu, à moitié enseveli dans la neige.

54 — C'est ici que nous étions assis le jour du pique-nique, — lui rappela-t-il.

55 Il s'agissait d'une des rares parties de plaisir auxquelles les deux jeunes gens avaient participé, d'un pique-nique organisé par leur paroisse et qui, durant une longue après-midi d'été, avait rempli d'une gaieté bruyante le petit bois isolé. Mattie avait prié Frome de l'accompagner et il avait refusé. Mais vers le coucher du soleil, en descendant de la montagne, où il avait été abattre des arbres, il fut surpris par quelques joyeux lurons de la bande et entraîné jusqu'à l'étang. Il avait retrouvé Mattie entourée de jeunes gens en gaîté, qui préparait du café sur un feu de bohémien. Sous le large bord de son chapeau de paille sa figure ambrée, aux reflets roses, brillait comme une mûre sauvage. Ethan se souvint de s'être senti tout honteux à l'idée de se présenter devant elle dans ses habits de travail. Puis il se rappela la lueur de joie que avait illuminé les yeux de Mattie à son approche, et la façon dont elle s'était détachée du groupe pour venir au-devant de lui, une tasse à la main. Ils s'étaient assis tous deux sur le tronc abattu près de l'étang, et elle s'était aperçue qu'elle avait perdu son médaillon en or. A sa prière tous les jeunes gens

56 "It was right there I found your locket," he said, pushing his foot into a dense tuft of blueberry bushes.

57 "I never saw anybody with such sharp eyes!" she answered.

58 She sat down on the tree-trunk in the sun and he sat down beside her.

59 "You were as pretty as a picture in that pink hat," he said.

60 She laughed with pleasure. "Oh, I guess it was the hat!" she rejoined.

61 They had never before avowed their inclination so openly, and Ethan, for a moment, had the illusion that he was a free man, wooing the girl he meant to marry. He looked at her hair and longed to touch it again, and to tell her that it smelt of the woods; but he had never learned to say such things.

62 Suddenly she rose to her feet and said: "We mustn't stay here any longer."

63 He continued to gaze at her vaguely, only half-roused from his dream. "There's plenty of time," he answered.

s'étaient lancés à la recherche du bijou; ce fut Ethan qui le découvrit le premier, brillant à travers la mousse épaisse…

C'était tout… Mais toute leur intimité était faite de pareils instants de rapprochement muet, où, étonnés et attendris, ils rencontraient le bonheur comme s'ils eussent surpris un papillon dans les bois dénudés et neigeux.

56 — C'est ici que j'ai retrouvé votre médaillon, — dit Ethan, enfonçant le pied dans une touffe épaisse de myrtilles.

57 — Je n'ai jamais vu un œil comme le vôtre, — répondit-elle.

58 Elle s'assit sur le tronc d'arbre, au soleil; et Ethan se mit à son côté.

59 — Vous étiez jolie comme un cœur avec votre chapeau rose, lui dit-il.

60 Toute heureuse, elle répliqua en riant:

— C'était sans doute le chapeau…

61 Jamais encore ils n'avaient manifesté aussi ouvertement la sympathie qu'ils ressentaient l'un pour l'autre. Ethan eut un instant l'illusion qu'il était libre et qu'il faisait la cour à la jeune fille qu'il rêvait d'épouser. Il regarda les cheveux de Mattie il éprouva le désir de les caresser de nouveau. Il aurait voulu lui dire qu'ils embaumaient la senteur des bois… mais il ne savait pas exprimer de pareilles choses.

62 Brusquement, Mattie se leva:

— Il ne faut pas que nous restions ici plus longtemps…

63 Il continuait de la considérer vaguement, encore à demi perdu dans son rêve.

— Oh, nous avons bien le temps, — répondit-il.

64 They stood looking at each other as if the eyes of each were straining to absorb and hold fast the other's image. There were things he had to say to her before they parted, but he could not say them in that place of summer memories, and he turned and followed her in silence to the sleigh. As they drove away the sun sank behind the hill and the pine-boles turned from red to grey.

65 By a devious track between the fields they wound back to the Starkfield road. Under the open sky the light was still clear, with a reflection of cold red on the eastern hills. The clumps of trees in the snow seemed to draw together in ruffled lumps, like birds with their heads under their wings; and the sky, as it paled, rose higher, leaving the earth more alone.

66 As they turned into the Starkfield road Ethan said: "Matt, what do you mean to do?"

67 She did not answer at once, but at length she said: "I'll try to get a place in a store."

68 "You know you can't do it. The bad air and the standing all day nearly killed you before."

69 "I'm a lot stronger than I was before I came to Starkfield."

70 "And now you're going to throw away all the good it's done you!"

71 There seemed to be no answer to this, and again they drove on for a while without speaking. With every yard of the way some spot where they had stood, and laughed together or been silent, clutched at Ethan and dragged him back.

72 "Isn't there any of your father's folks could help you?"

64 Ils se regardaient tous les deux comme si chacun avait tendu toutes ses forces pour saisir et emporter dans ses yeux l'image de l'autre. Il y avait certain mots qu'Ethan voulait prononcer avant qu'ils ne se séparassent, mais il ne pouvait les lui dire dans cet endroit tout imprégné de leur bonheur passé. Il se détourna, et suivit Mattie en silence jusqu'au traîneau... Comme ils se remettaient en route, le soleil disparut derrière la colline, et les fûts rouges des sapins devinrent gris...

65 Pour regagner la route de Starkfield, ils suivirent un chemin sinueux à travers champs. Sous le ciel découvert une pâle lumière s'attardait, et le rouge glacé du couchant illuminait encore les hauteurs lointaines. Les bouquets d'arbres épars sur la plaine neigeuse se serraient l'un contre l'autre, comme des oiseaux cachant leurs têtes sous leurs plumes ébouriffées. Le ciel, en pâlissant, s'exhaussait, et la terre paraissait plus déserte.

66 Comme le traîneau débouchait sur la grande route, Ethan parla enfin :

— Matt, qu'avez-vous l'intention de faire ?

67 Elle hésita un moment, puis elle dit :

— J'essaierai de trouver une place dans un magasin.

68 — Vous savez bien que c'est impossible. La fatigue et le manque d'air ont déjà failli vous tuer.

69 — Je suis beaucoup plus forte qu'à mon arrivée ici.

70 — Et maintenant vous allez gaspiller toute la santé que vous avez regagnée !

71 A cela il n'y avait rien à répondre, et ils continuèrent leur route sans parler.

A chaque tournant un souvenir embusqué se dressait devant Ethan et Mattie, comme pour leur barrer le chemin : ici ils avaient ri, là ils s'étaient tu ensemble.

72 — Parmi les parents de votre père, n'y a-t-il personne qui pourrait vous aider ?

73 "There isn't any of 'em I'd ask."

74 He lowered his voice to say: "You know there's nothing I wouldn't do for you if I could."

75 "I know there isn't."

76 "But I can't—"

77 She was silent, but he felt a slight tremor in the shoulder against his.

78 "Oh, Matt," he broke out, "if I could ha' gone with you now I'd ha' done it—"

79 She turned to him, pulling a scrap of paper from her breast. "Ethan—I found this," she stammered. Even in the failing light he saw it was the letter to his wife that he had begun the night before and forgotten to destroy. Through his astonishment there ran a fierce thrill of joy. "Matt—" he cried; "if I could ha' done it, would you?"

80 "Oh, Ethan, Ethan—what's the use?" With a sudden movement she tore the letter in shreds and sent them fluttering off into the snow.

81 "Tell me, Matt! Tell me!" he adjured her.

82 She was silent for a moment; then she said, in such a low tone that he had to stoop his head to hear her: "I used to think of it sometimes, summer nights when the moon was so bright. I couldn't sleep."

83 His heart reeled with the sweetness of it. "As long ago as that?"

84 She answered, as if the date had long been fixed for her: "The first time was at Shadow Pond."

73 — Aucun à qui je voudrais le demander.

74 Il baissa la voix pour dire :

— Vous savez que je ferais tout au monde pour vous, si je le pouvais…

75 — Oui, je le sais…

76 — Mais je ne puis rien…

77 Elle se tut : mais il sentit un léger tremblement de l'épaule appuyée contre la sienne.

78 — Oh, Mattie, si seulement j'avais pu partir avec vous, comme je l'aurais fait !

79 Brusquement elle se tourna vers lui, et tira de son corsage une feuille de papier.

— Ethan… voilà ce que j'ai trouvé… — balbutia-t-elle.

Malgré l'obscurité croissante il reconnut la lettre à sa femme, commencée la nuit précédente et qu'il avait oublié de déchirer. A son étonnement se mêla un mouvement de joie sauvage.

— Mattie ! … — s'écria-t-il, — si ça avait été possible, auriez-vous consenti ?

80 — Oh, Ethan, Ethan… à quoi bon en parler ?

D'un mouvement soudain, elle déchira la lettre : les morceaux volèrent sur la neige.

81 — Dites, Mattie, dites ! Je vous en prie…

82 Elle demeura un instant sans répondre, puis, d'une voix si basse qu'il dût pencher la tête pour l'entendre :

— J'y ai pensé parfois dans les nuit d'été, quand le clair de lune remplissait ma chambre et m'empêchait de dormir.

83 Le cœur d'Ethan tressaillit d'ivresse.

— Vous y songiez déjà, l'été dernier ?

84 Comme si depuis des mois la date était gravée dans sa mémoire, elle répondit aussitôt :

— La première fois, ce fut à Shadow Pond…

85 "Was that why you gave me my coffee before the others?"

86 "I don't know. Did I? I was dreadfully put out when you wouldn't go to the picnic with me; and then, when I saw you coming down the road, I thought maybe you'd gone home that way o' purpose; and that made me glad."

87 They were silent again. They had reached the point where the road dipped to the hollow by Ethan's mill and as they descended the darkness descended with them, dropping down like a black veil from the heavy hemlock boughs.

88 "I'm tied hand and foot, Matt. There isn't a thing I can do," he began again.

89 "You must write to me sometimes, Ethan."

90 "Oh, what good'll writing do? I want to put my hand out and touch you. I want to do for you and care for you. I want to be there when you're sick and when you're lonesome."

91 "You mustn't think but what I'll do all right."

92 "You won't need me, you mean? I suppose you'll marry!"

93 "Oh, Ethan!" she cried.

94 "I don't know how it is you make me feel, Matt. I'd a'most rather have you dead than that!"

95 "Oh, I wish I was, I wish I was!" she sobbed.

96 The sound of her weeping shook him out of his dark anger, and he felt ashamed.

97 "Don't let's talk that way," he whispered.

98 "Why shouldn't we, when it's true? I've been wishing it every minute of the day."

99 "Matt! You be quiet! Don't you say it."

100 "There's never anybody been good to me but you."

85 — C'est pour cela que vous m'avez donné ma tasse de café avant les autres?

86 — Je ne sais pas… L'ai-je fait? J'étais navrée lorsque vous avez refusé de m'accompagner au pique-nique: et quand je vous vis arriver je me suis dit: — Il a peut-être pris ce chemin pour me retrouver… Et j'en étais toute heureuse…

87 Ils se turent à nouveau. Ils s'étaient engagés dans le chemin creux qui longeait la scierie d'Ethan. A mesure qu'ils avançaient sous les lourdes branches des sapins du Canada, le crépuscule descendait, tombait sur eux comme un voile noir.

88 — J'ai pieds et poings liés, Mattie… Je ne peux rien faire, — reprit Ethan.

89 — Vous m'écrirez quelquefois, Ethan…

90 — A quoi bon écrire? J'ai besoin, quand j'étends la main, qu'elle vous rencontre. J'ai besoin d'agir pour vous et de vous soigner, j'ai besoin d'être là quand vous êtes malade et que vous vous sentez seule…

91 — Soyez sûr que je me tirerai d'affaire…

92 — Vous n'avez pas besoin de moi, vous voulez dire? Vous vous marierez, sans doute?

93 — Oh, Ethan! — s'écria-t-elle.

94 — Je ne sais pas ce que vous me faites éprouver, Mattie, mais plutôt que de vous voir mariée, j'aimerais mieux vous savoir morte.

95 — Oh, je voudrais l'être, je voudrais l'être! — s'écria-t-elle, dans un brusque accès de sanglots.

96 Il l'entendit pleurer, et sa rage sombre tomba… Il se sentait tout honteux.

97 — Ne parlons pas ainsi, — murmura-t-il.

98 — Pourquoi pas, puisque c'est la vérité? … Je n'ai pas cessé une minute d'y penser, toute la journée…

99 — Taisez-vous, Mattie! Je vous défends! …

100 — Il n'y a que vous qui m'ayez témoigné de la bonté…

101 "Don't say that either, when I can't lift a hand for you!"

102 "Yes; but it's true just the same."

103 They had reached the top of School House Hill and Starkfield lay below them in the twilight. A cutter, mounting the road from the village, passed them by in a joyous flutter of bells, and they straightened themselves and looked ahead with rigid faces. Along the main street lights had begun to shine from the house-fronts and stray figures were turning in here and there at the gates. Ethan, with a touch of his whip, roused the sorrel to a languid trot.

104 As they drew near the end of the village the cries of children reached them, and they saw a knot of boys, with sleds behind them, scattering across the open space before the church.

105 "I guess this'll be their last coast for a day or two," Ethan said, looking up at the mild sky.

106 Mattie was silent, and he added: "We were to have gone down last night."

107 Still she did not speak and, prompted by an obscure desire to help himself and her through their miserable last hour, he went on discursively: "Ain't it funny we haven't been down together but just that once last winter?"

108 She answered: "It wasn't often I got down to the village."

109 "That's so," he said.

110 They had reached the crest of the Corbury road, and between the indistinct white glimmer of the church and the black curtain of the Varnum spruces the slope stretched away below them without a sled on its length. Some erratic impulse prompted Ethan to say: "How'd you like me to take you down now?"

101 — Ne dites pas cela non plus, quand je ne peux même pas lever un doigt pour vous!

102 — Oui; mais cela n'en est pas moins vrai...

103 Ils étaient arrivés en haut de la School House Hill. Au dessous d'eux Starkfield s'étendait dans le crépuscule. Un cutter qui venait du village les croisa avec un joyeux bruit de grelots. Ils se raidirent et regardèrent droit devant eux, la face rigide. Dans la grande rue, les lumières commençaient à briller aux fenêtres. Quelques villageois attardés regagnaient leurs portes. Ethan toucha du fouet l'alezan, qui repartit d'un trot paresseux.

104 Près de la sortie du village, des cris d'enfants leur arrivèrent. Et une bande traînant des luges s'éparpilla sur la place devant l'église.

105 — J'ai idée que c'est leur dernière glissade pour un jour ou deux... — dit Ethan, en regardant le ciel radouci.

106 Mattie ne répondit pas et il ajouta:

— Nous aussi, la nuit dernière, nous devions aller luger.

107 Elle se taisait toujours, et poussé par l'obscur désir d'alléger la tristesse de leur dernière heure ensemble, il continua à bavarder.

— C'est tout de même curieux que nous n'ayons descendu la côte qu'une fois depuis que vous êtes chez nous!

108 Elle répondit:

— Je n'avais guère l'occasion d'aller au village...

109 — C'est vrai...

110 Ils avaient atteint le sommet de la route de Corbury. Entre la vague masse blanche de l'église et le noir rideau que formaient les sapins des Varnum, la descente s'étalait au-dessous d'eux sans une luge sur son long parcours. Un élan insensé poussa Ethan à dire:

— Est-ce que cela vous amuserait de descendre la côte maintenant!

111 She forced a laugh. "Why, there isn't time!"
112 "There's all the time we want. Come along!" His one desire now was to postpone the moment of turning the sorrel toward the Flats.
113 "But the girl," she faltered. "The girl'll be waiting at the station."
114 "Well, let her wait. You'd have to if she didn't. Come!"
115 The note of authority in his voice seemed to subdue her, and when he had jumped from the sleigh she let him help her out, saying only, with a vague feint of reluctance: "But there isn't a sled round anywheres."
116 "Yes, there is! Right over there under the spruces." He threw the bearskin over the sorrel, who stood passively by the roadside, hanging a meditative head. Then he caught Mattie's hand and drew her after him toward the sled.
117 She seated herself obediently and he took his place behind her, so close that her hair brushed his face. "All right, Matt?" he called out, as if the width of the road had been between them.
118 She turned her head to say: "It's dreadfully dark. Are you sure you can see?"
119 He laughed contemptuously: "I could go down this coast with my eyes tied!" and she laughed with him, as if she liked his audacity. Nevertheless he sat still a moment, straining his eyes down the long hill, for it was the most confusing hour of the evening, the hour when the last clearness from the upper sky is merged with the rising night in a blur that disguises landmarks and falsifies distances.
120 "Now!" he cried.

111 Mattie eut un petit rire forcé.

— Nous n'avons pas le temps !

112 — Mais si, mais si ! ... Allons, venez !

Son seul désir était de retarder le plus possible le moment où il faudrait diriger l'alezan vers la gare des Flats.

113 Mattie balbutia : — Mais la servante ? Elle sera à la gare à nous attendre...

114 — Eh bien ! qu'elle attende ! ... Si ce n'était pas elle, ce serait vous... Venez donc ! ...

115 Il parlait avec un tel accent d'autorité que Mattie en parut subjuguée. Il sauta hors du traîneau, et elle descendit sans résistance, se bornant à dire :

— Mais où trouverons-nous une luge ?

116 — J'en vois une là-bas, sous les sapins.

L'alezan se tenait paisiblement au bord de la route, inclinant sa vieille tête songeuse. Ethan le recouvrit de la peau d'ours ; puis il saisit la main de Mattie et l'entraîna à sa suite vers la luge.

117 Elle s'y assit docilement et il prit place derrière elle. Ils étaient si près l'un de l'autre que les cheveux de Mattie lui frôlaient le visage.

— Vous êtes bien, Mattie ? — lui cria-t-il, comme s'il y avait entre eux toute la largeur de la route.

118 Elle se retourna pour lui dire :

— Il fait bien sombre... Êtes-vous sûr d'y voir ?

119 Il eut un rire dédaigneux.

— Je pourrais descendre cette côte les yeux fermés !

Cette audace sembla lui plaire, et elle rit avec lui.

Néanmoins, il attendit encore un moment, parcourant attentivement des yeux la longue descente, car c'était l'heure la plus trompeuse de la soirée, l'heure où la dernière clarté du ciel se confond avec la nuit naissante pour former une obscurité qui dénature les objets familiers et fausse les distances.

120 — Allons ! — cria-t-il.

121 The sled started with a bound, and they flew on through the dusk, gathering smoothness and speed as they went, with the hollow night opening out below them and the air singing by like an organ. Mattie sat perfectly still, but as they reached the bend at the foot of the hill, where the big elm thrust out a deadly elbow, he fancied that she shrank a little closer.

122 "Don't be scared, Matt!" he cried exultantly, as they spun safely past it and flew down the second slope; and when they reached the level ground beyond, and the speed of the sled began to slacken, he heard her give a little laugh of glee.

123 They sprang off and started to walk back up the hill. Ethan dragged the sled with one hand and passed the other through Mattie's arm.

124 "Were you scared I'd run you into the elm?" he asked with a boyish laugh.

125 "I told you I was never scared with you," she answered.

126 The strange exaltation of his mood had brought on one of his rare fits of boastfulness. "It is a tricky place, though. The least swerve, and we'd never ha' come up again. But I can measure distances to a hair's-breadth—always could."

127 She murmured: "I always say you've got the surest eye…"

128 Deep silence had fallen with the starless dusk, and they leaned on each other without speaking; but at every step of their climb Ethan said to himself: "It's the last time we'll ever walk together."

121 La luge partit d'un bond, et ils glissèrent à travers le crépuscule à une allure de plus en plus rapide. Devant eux la nuit creusait un gouffre noir, et l'air résonnait à leurs oreilles comme le chant d'un orgue.

Mattie ne bougeait pas, mais lorsqu'ils arrivèrent au tournant de la pente, là où le gros orme avançait son tronc menaçant, Ethan eut l'impression qu'elle se serrait davantage contre lui.

122 — N'ayez pas peur, Mattie, — cria-t-il avec un accent de triomphe, au moment où ils dépassaient le tournant dangereux et prenaient leur élan pour la deuxième pente.

Lorsqu'ils se trouvèrent au bas de la côte la vitesse du traîneau se ralentit, et il entendit le petit rire joyeux de Mattie.

123 Ils se mirent à remonter la côte à pie. Ethan, traînant la luge derrière lui, glissa son bras sous celui de Mattie.

124 — Aviez-vous peur que je vous envoie contre l'orme? — demanda-t-il avec un joyeux rire de gosse.

125 — Vous savez bien que je n'ai jamais peur avec vous, — répondit-elle.

126 L'étrange exaltation d'Ethan détermina un de ses rares mouvements de fanfaronnade.

— C'est tout de même un endroit dangereux, reprit-il. Le moindre écart et nous étions fichus. Mais heureusement je sais mesurer les distances à une épaisseur de cheveu près. Je l'ai toujours su.

127 Elle murmura :

— J'ai toujours dit que vous aviez l'œil le plus sûr.

128 Autour d'eux une tranquillité profonde tombait avec l'obscurité sans étoiles, et ils s'appuyaient silencieusement l'un sur l'autre ; mais à chaque pas de la montée, Ethan se disait : « C'est la dernière fois que nous nous promenons ensemble. »

129 They mounted slowly to the top of the hill. When they were abreast of the church he stooped his head to her to ask: "Are you tired?" and she answered, breathing quickly: "It was splendid!"

130 With a pressure of his arm he guided her toward the Norway spruces. "I guess this sled must be Ned Hale's. Anyhow I'll leave it where I found it." He drew the sled up to the Varnum gate and rested it against the fence. As he raised himself he suddenly felt Mattie close to him among the shadows.

131 "Is this where Ned and Ruth kissed each other?" she whispered breathlessly, and flung her arms about him. Her lips, groping for his, swept over his face, and he held her fast in a rapture of surprise.

132 "Good-bye-good-bye," she stammered, and kissed him again.

133 "Oh, Matt, I can't let you go!" broke from him in the same old cry.

134 She freed herself from his hold and he heard her sobbing. "Oh, I can't go either!" she wailed.

135 "Matt! What'll we do? What'll we do?"

136 They clung to each other's hands like children, and her body shook with desperate sobs.

137 Through the stillness they heard the church clock striking five.

138 "Oh, Ethan, it's time!" she cried.

139 He drew her back to him. "Time for what? You don't suppose I'm going to leave you now?"

140 "If I missed my train where'd I go?"

129 Lentement ils gravissaient la pente. Quand ils arrivèrent en face de l'église, il inclina la tête vers Mattie et lui demanda :

— Êtes-vous fatiguée ?

Elle répondit, haletante :

— Non, c'était trop beau !

130 Pressant son bras contre le sien, il la guida vers les sapins de Norvège.

— Je crois que cette luge appartient à Ned Hale. En tout cas, je vais la laisser où je l'ai trouvée.

Il traîna la luge jusqu'à la grille des Varnum et l'appuya contre la palissade. Lorsqu'il se releva, il sentit Mattie tout contre lui dans l'ombre.

131 — Est-ce ici que Ned et Ruth se sont embrassés ? lui souffla-t-elle, l'entourant de ses bras.

Ses lèvres, cherchant celles d'Ethan, effleurèrent son visage, et il l'étreignit dans un brusque transport.

132 — Au revoir… au revoir…, balbutia-t-elle, en l'embrassant de nouveau.

133 — Oh ! Matt ! Je ne puis vous laisser partir !

134 C'était toujours le même cri qui lui échappait.

Elle se détacha de son étreinte, et il entendit ses sanglots.

— Moi non plus, je ne peux pas partir ! gémit-elle.

135 — Matt, qu'allons-nous faire, qu'allons-nous faire ?…

136 Ils se tenaient la main comme des enfants, et le corps fragile de Mattie était secoué de longs frissons désespérés.

137 Dans le silence nocturne ils entendirent cinq heures sonner à l'horloge de l'église.

138 — Ethan, il est temps de partir ! — s'écria-t-elle.

Il l'attira contre lui.

139 — Temps de partir ? Vous ne pensez pas que je vais vous laisser partir maintenant ?

140 — Si je manque mon train, où irai-je ?

141 "Where are you going if you catch it?"
142 She stood silent, her hands lying cold and relaxed in his.
143 "What's the good of either of us going anywheres without the other one now?" he said.
144 She remained motionless, as if she had not heard him. Then she snatched her hands from his, threw her arms about his neck, and pressed a sudden drenched cheek against his face. "Ethan! Ethan! I want you to take me down again!"
145 "Down where?"
146 "The coast. Right off," she panted. "So 't we'll never come up any more."
147 "Matt! What on earth do you mean?"
148 She put her lips close against his ear to say: "Right into the big elm. You said you could. So 't we'd never have to leave each other any more."
149 "Why, what are you talking of? You're crazy!"
150 "I'm not crazy; but I will be if I leave you."
151 "Oh, Matt, Matt—" he groaned.
152 She tightened her fierce hold about his neck. Her face lay close to his face.
153 "Ethan, where'll I go if I leave you? I don't know how to get along alone. You said so yourself just now. Nobody but you was ever good to me. And there'll be that strange girl in the house… and she'll sleep in my bed, where I used to lay nights and listen to hear you come up the stairs…"

141 — Où irez-vous, si vous le prenez ?

142 Elle se tut, ses mains inertes et glacées abandonnées dans celles d'Ethan.

143 — A quoi cela sert-il désormais que l'un de nous aille quelque part sans l'autre ? — dit-il.

144 Elle demeura immobile, comme si elle ne l'avait pas entendu. Brusquement, elle se dégagea et jetant ses bras autour du cou d'Ethan, pressa une joue mouillée contre son visage.

— Ethan ! Ethan ! il faut que vous me fassiez descendre une fois encore ! ...

145 — Descendre... où ?

146 — Au bas de la côte... Tout de suite... — reprit-elle, haletante. — De façon à ce que nous ne la remontions plus jamais...

147 — Mattie, au nom du ciel ! ... Qu'est-ce que vous voulez dire ?

148 Elle mit ses lèvres tout contre l'oreille du jeune homme.

— Droit sur le gros orme... Vous avez dit que vous le pouviez... Ainsi, nous n'aurons plus à nous séparer jamais....

149 — Que dites-vous ? Vous êtes folle !

150 — Je ne suis pas folle, mais je le deviendrai si je dois vous quitter.

151 — Oh ! Mattie... Mattie... — gémit-il.

152 Elle se cramponna à lui d'une étreinte plus serrée, son visage tout contre le sien.

153 — Ethan, où irais-je si je vous quitte ? ... Je ne sais pas me débrouiller toute seule : c'est vous-même qui le disiez tout à l'heure. Il n'y a que vous qui m'ayez témoigné de la bonté... Et cette étrangère qui va coucher dans mon lit — où je passais toutes les nuits à guetter l'instant où vous remonteriez.

154 The words were like fragments torn from his heart. With them came the hated vision of the house he was going back to—of the stairs he would have to go up every night, of the woman who would wait for him there. And the sweetness of Mattie's avowal, the wild wonder of knowing at last that all that had happened to him had happened to her too, made the other vision more abhorrent, the other life more intolerable to return to…

155 Her pleadings still came to him between short sobs, but he no longer heard what she was saying. Her hat had slipped back and he was stroking her hair. He wanted to get the feeling of it into his hand, so that it would sleep there like a seed in winter. Once he found her mouth again, and they seemed to be by the pond together in the burning August sun. But his cheek touched hers, and it was cold and full of weeping, and he saw the road to the Flats under the night and heard the whistle of the train up the line.

156 The spruces swathed them in blackness and silence. They might have been in their coffins underground. He said to himself: "Perhaps it'll feel like this…" and then again: "After this I sha'n't feel anything…"

157 Suddenly he heard the old sorrel whinny across the road, and thought: "He's wondering why he doesn't get his supper…"

158 "Come!" Mattie whispered, tugging at his hand.

154 Les mots qu'elle prononçait semblaient au jeune homme comme des lambeaux de chair arrachés de son propre cœur. Ils évoquèrent en lui la vision abhorrée de la ferme où bientôt il lui faudrait rentrer... de l'escalier qu'il aurait à gravir chaque nuit, et de la femme qui l'attendait.... Et le ravissement de l'aveu de Mattie, le fol étonnement de savoir enfin que tout ce qu'il avait éprouvé, elle aussi l'avait ressenti, lui rendit l'autre vision plus haïssable encore, et plus intolérable la pensée de cette autre existence...

155 Elle parlait toujours, par petites phrases entrecoupées de sanglots ; mais depuis longtemps il ne l'entendait plus. Elle avait perdu son chapeau, et il lui caressait les cheveux. Il voulait que sa main en gardât un souvenir vivace, qui pût y sommeiller comme une graine en hiver... Une fois encore il rencontra ses lèvres et il lui sembla qu'ils étaient auprès de l'étang, sous un brûlant soleil d'août. Mais la joue qui effleura la sienne était froide et baignée de larmes ; et il crut voir à travers la nuit la route des Flats, et entendre au loin le sifflement du train qui approchait.

156 Les sapins de Norvège les enveloppaient d'obscurité et de silence, comme si tous deux étaient déjà sous terre, dans leurs cercueils.

« Voilà ce que l'on doit éprouver quand on est mort », songea Ethan ; puis il se dit : « Quand elle sera partie je n'éprouverai plus jamais rien... »

157 Tout à coup, il entendit hennir le vieil alezan de l'autre côté de la route : « Il doit se demander pourquoi nous ne rentrons pas souper » ..., pensa Ethan.

158 — Venez, — supplia Mattie, en l'entraînant par la main...

159 Her sombre violence constrained him: she seemed the embodied instrument of fate. He pulled the sled out, blinking like a night-bird as he passed from the shade of the spruces into the transparent dusk of the open. The slope below them was deserted. All Starkfield was at supper, and not a figure crossed the open space before the church. The sky, swollen with the clouds that announce a thaw, hung as low as before a summer storm. He strained his eyes through the dimness, and they seemed less keen, less capable than usual.

160 He took his seat on the sled and Mattie instantly placed herself in front of him. Her hat had fallen into the snow and his lips were in her hair. He stretched out his legs, drove his heels into the road to keep the sled from slipping forward, and bent her head back between his hands. Then suddenly he sprang up again.

161 "Get up," he ordered her.

162 It was the tone she always heeded, but she cowered down in her seat, repeating vehemently: "No, no, no!"

163 "Get up!"

164 "Why?"

165 "I want to sit in front."

166 "No, no! How can you steer in front?"

167 "I don't have to. We'll follow the track."

168 They spoke in smothered whispers, as though the night were listening.

169 "Get up! Get up!" he urged her; but she kept on repeating: "Why do you want to sit in front?"

170 "Because I—because I want to feel you holding me," he stammered, and dragged her to her feet.

159 La sombre violence de la jeune fille fit ployer la volonté d'Ethan. Elle lui apparut comme l'instrument même du destin. Il alla prendre la luge et sortit de l'ombre épaisse des sapins. Sur la route, la faible clarté du ciel lui fit cligner des yeux comme un oiseau de nuit. Devant eux, la pente était déserte. Tout Starkfield soupait, et personne ne traversait la place devant l'église. Le ciel, gonflé de l'humidité qui précède le dégel, abaissait ses lourdes nuées comme avant un orage d'été. Frome chercha à sonder l'obscurité, mais ses yeux lui semblèrent moins perçants, moins assurés que de coutume…

160 Il s'assit sur la luge et aussitôt Mattie vint se placer devant lui. Ses cheveux effleurèrent la bouche d'Ethan. Il étendit ses jambes et enfonça ses talons dans la neige pour maintenir le traîneau en place. Puis il saisit la tête de la jeune fille et l'inclina en arrière, sous ses lèvres…

Mais tout d'un coup il se dressa.

161 — Levez-vous, Mattie, — lui ordonna-t-il.

162 C'était le ton auquel elle obéissait toujours, mais cette fois elle ne bougea pas.

— Non, non, non ! — répéta-t-elle avec véhémence.

163 — Levez-vous !

164 — Pourquoi ?

165 — Parce que je veux me mettre en avant.

166 — Non, non ! Comment pourriez-vous diriger ?

167 — Je n'ai pas besoin de diriger. Nous suivrons le chemin tracé.

168 Ils parlaient à voix basse, en murmures étouffés, comme si la luit les écoutait.

169 — Levez-vous, levez-vous, — insista-t-il.

Mais elle s'obstinait à répéter :

— Pourquoi voulez-vous vous mettre en avant ?

170 — Parce que… parce que j'ai besoin de sentir vos bras autour de moi, — balbutia-t-il.

171 The answer seemed to satisfy her, or else she yielded to the power of his voice. He bent down, feeling in the obscurity for the glassy slide worn by preceding coasters, and placed the runners carefully between its edges. She waited while he seated himself with crossed legs in the front of the sled; then she crouched quickly down at his back and clasped her arms about him. Her breath in his neck set him shuddering again, and he almost sprang from his seat. But in a flash he remembered the alternative. She was right: this was better than parting. He leaned back and drew her mouth to his…

172 Just as they started he heard the sorrel's whinny again, and the familiar wistful call, and all the confused images it brought with it, went with him down the first reach of the road. Half-way down there was a sudden drop, then a rise, and after that another long delirious descent. As they took wing for this it seemed to him that they were flying indeed, flying far up into the cloudy night, with Starkfield immeasurably below them, falling away like a speck in space… Then the big elm shot up ahead, lying in wait for them at the bend of the road, and he said between his teeth: "We can fetch it; I know we can fetch it—"

171 Sa réponse parut la satisfaire, ou peut-être céda-t-elle à l'accent de sa voix. Elle se leva. Frome se pencha, cherchant de la main l'étroite bande de glace nivelée par la descente d'innombrables traîneaux ; puis, soigneusement, il plaça les patins entre les ornières qui la bordaient. Debout à son côté, Mattie attendait. Il s'accroupit en avant de la luge, les jambes croisées, et Mattie, prenant place vivement derrière lui, l'entoura de ses bras. En sentant sur sa nuque l'haleine de la jeune fille, il frissonna, et se dressa à demi... puis, dans un éclair, il se souvint... Non ! Elle avait raison, tout valait mieux que de se séparer. Il se pencha en arrière et attira les lèvres de Mattie sur les siennes...

172 Au moment même où ils partaient, le cheval hennit encore une fois. Cet appel familier et triste, et toutes les images confuses qu'il évoquait, remplirent la pensée d'Ethan durant la première partie du trajet. A mi-chemin, la route se creusait, puis il y eut une montée, suivie d'une longue descente vertigineuse. Comme ils prenaient leur élan pour cette deuxième descente, il sembla à Ethan qu'ils volaient véritablement, qu'ils volaient très haut dans la nuit nuageuse, avec Starkfield bien loin au-dessous d'eux, perdu dans l'espace comme un point imperceptible. Puis le gros orme surgit, comme s'il les guettait au tournant... Frome marmotta entre ses dents :

— Nous l'atteindrons, je suis sûr que nous l'atteindrons...

173 As they flew toward the tree Mattie pressed her arms tighter, and her blood seemed to be in his veins. Once or twice the sled swerved a little under them. He slanted his body to keep it headed for the elm, repeating to himself again and again: "I know we can fetch it"; and little phrases she had spoken ran through his head and danced before him on the air. The big tree loomed bigger and closer, and as they bore down on it he thought: "It's waiting for us: it seems to know." But suddenly his wife's face, with twisted monstrous lineaments, thrust itself between him and his goal, and he made an instinctive movement to brush it aside. The sled swerved in response, but he righted it again, kept it straight, and drove down on the black projecting mass. There was a last instant when the air shot past him like millions of fiery wires; and then the elm…

* * * * *

173 Au moment où ils s'approchaient de l'arbre, Mattie resserra ses bras et Ethan eut l'impression que leurs deux sangs se confondaient. Une ou deux fois, la luge broncha quelque peu. Mais il s'inclina de côté, de façon à la diriger droit sur l'arbre, et il se répétait sans cesse: «Je suis sûr que nous l'atteindrons.»

Des petites phrases que Mattie avait prononcées lui traversaient l'esprit, et paraissaient flotter dans l'air devant lui...

L'arbre se rapprochait, plus grand et plus menaçant... Comme ils piquaient sur lui, Ethan se dit: «Il nous attend... On dirait qu'il sait...»

Mais tout à coup le visage de sa femme, devenu subitement immense grimaçant, se dressa entre son but et lui; il fit un mouvement instinctif pour l'éviter. La luge obéit, mais il la ramena en ligne, la maintint droite et fonça sur la masse noire en saillie. Il eut conscience d'un dernier moment où l'air lui fouettait la figure comme des millions de fil de fer en feu. Puis il n'y eut plus que l'orme...

* * * * *

174 The sky was still thick, but looking straight up he saw a single star, and tried vaguely to reckon whether it were Sirius, or—or—The effort tired him too much, and he closed his heavy lids and thought that he would sleep… The stillness was so profound that he heard a little animal twittering somewhere near by under the snow. It made a small frightened cheep like a field mouse, and he wondered languidly if it were hurt. Then he understood that it must be in pain: pain so excruciating that he seemed, mysteriously, to feel it shooting through his own body. He tried in vain to roll over in the direction of the sound, and stretched his left arm out across the snow. And now it was as though he felt rather than heard the twittering; it seemed to be under his palm, which rested on something soft and springy. The thought of the animal's suffering was intolerable to him and he struggled to raise himself, and could not because a rock, or some huge mass, seemed to be lying on him. But he continued to finger about cautiously with his left hand, thinking he might get hold of the little creature and help it; and all at once he knew that the soft thing he had touched was Mattie's hair and that his hand was on her face.

175 He dragged himself to his knees, the monstrous load on him moving with him as he moved, and his hand went over and over her face, and he felt that the twittering came from her lips…

176 He got his face down close to hers, with his ear to her mouth, and in the darkness he saw her eyes open and heard her say his name.

174 Le ciel était toujours obscur, mais en levant les yeux il vit au-dessus de lui une étoile, une seule. Vaguement, il essaya de la reconnaître. Était-ce Sirius… ou bien était-ce… ? L'effort le fatigua à l'excès. Il referma ses paupières pesantes, et songea qu'il serait bien bon de dormir…

Le silence était si profond qu'il entendit le vagissement d'un petit animal quelque part sous la neige. C'était comme la plainte menue et craintive de la souris des champs, et Ethan se demandait distraitement ce que pouvait avoir la petite bête. Puis il comprit qu'elle devait souffrir, d'une souffrance si atroce qu'il lui semblait, mystérieusement, en ressentir la répercussion dans tous ses membres. Ayant vainement essayé de se retourner dans la direction d'où venait le bruit, il allongea le bras sur la neige.

Maintenant le bruit n'était plus qu'un souffle, dont il croyait sentir la chaleur sous sa main, reposée sur quelque chose de doux et de soyeux. La pensée de la souffrance de cet animal lui devint intolérable et il fit effort pour se lever, mais il ne put y arriver ; un rocher, ou quelque lourde masse, pesait sur lui… Il continua cependant à tâtonner de la main gauche, cherchant à s'emparer de la petite bête. Mais subitement il s'aperçut que ce qui avait paru si doux à son toucher était la chevelure de Mattie, et qu'il avait maintenant une main sur son visage.

175 Il parvint à se mettre à genoux et le poids effroyable se déplaça avec lui. Il promena ses doigts sur la figure de la jeune fille. Il sentit alors que c'était des lèvres de Mattie que s'exhalait cette plainte…

176 Il pencha sa tête tout contre la sienne ; il mit son oreille près de sa bouche et, dans l'obscurité il vit ses yeux s'ouvrir et l'entendit prononcer son nom.

177 "Oh, Matt, I thought we'd fetched it," he moaned; and far off, up the hill, he heard the sorrel whinny, and thought: "I ought to be getting him his feed…"

* * * * *

177 — Oh, Matt, j'étais si sûr que nous donnerions dans l'orme, dit-il en gémissant.

Et dans le lointain, là-bas sur la colline, il entendit le hennissement de l'alezan.

« Il faut que j'aille lui donner à manger », songea-t-il...

* * * * *

178 THE QUERULOUS DRONE ceased as I entered Frome's kitchen, and of the two women sitting there I could not tell which had been the speaker.

179 One of them, on my appearing, raised her tall bony figure from her seat, not as if to welcome me—for she threw me no more than a brief glance of surprise—but simply to set about preparing the meal which Frome's absence had delayed. A slatternly calico wrapper hung from her shoulders and the wisps of her thin grey hair were drawn away from a high forehead and fastened at the back by a broken comb. She had pale opaque eyes which revealed nothing and reflected nothing, and her narrow lips were of the same sallow colour as her face.

180 The other woman was much smaller and slighter. She sat huddled in an arm-chair near the stove, and when I came in she turned her head quickly toward me, without the least corresponding movement of her body. Her hair was as grey as her companion's, her face as bloodless and shrivelled, but amber-tinted, with swarthy shadows sharpening the nose and hollowing the temples. Under her shapeless dress her body kept its limp immobility, and her dark eyes had the bright witch-like stare that disease of the spine sometimes gives.

181 Even for that part of the country the kitchen was a poor-looking place. With the exception of the dark-eyed woman's chair, which looked like a soiled relic of luxury bought at a country auction, the furniture was of the roughest kind. Three coarse china plates and a broken-nosed milk-jug had been set on a greasy table scored with knife-cuts, and a couple of straw-bottomed chairs and a kitchen dresser of unpainted pine stood meagrely against the plaster walls.

182 "My, it's cold here! The fire must be 'most out," Frome said, glancing about him apologetically as he followed me in.

178 La voix geignarde cessa lorsque j'entrai dans la cuisine des Frome, et, des deux femmes qui y étaient assises, je ne pus deviner laquelle avait parlé.

179 L'une d'elles, à ma vue, dressa sa haute taille osseuse. Ce n'était pas pour m'accueillir — car elle ne me lança qu'un rapide regard d'étonnement — mais pour préparer le repas qu'avait retardé l'absence prolongée de Frome. Un peignoir d'indienne fripé pendait de ses épaules ; de rares cheveux gris, tirés en arrière et maintenus par un peigne édenté, découvraient un front allongé. Ses yeux pâles et opaques ne révélaient rien et ne reflétaient rien, et ses lèvres étroites étaient de la même teinte jaunâtre que sa figure.

180 L'autre femme était plus petite et plus frêle. Elle se tenait tout recroquevillée dans son fauteuil, près du poêle. A mon entrée, elle tourna vivement la tête de mon côté, mais son corps demeura immobile. Ses cheveux étaient aussi gris que ceux de sa compagne et sa figure aussi exsangue et aussi ridée. Mais sa pâleur avait une nuance d'ambre, et des ombres bistrées creusaient ses tempes et accentuaient la minceur de ses narines. Sous sa robe informe, elle gardait une immobilité flasque, et ses yeux sombres avaient l'éclat maléfique particulier à ceux qui sont atteints d'une maladie de la moëlle épinière.

181 Même pour le pays, la cuisine des Frome était assez misérable d'aspect. La femme assise près du poêle se tenait dans un fauteuil défraîchi qui paraissait avoir été acquis à la vente d'un mobilier plus luxueux ; mais les autres meubles étaient des plus humbles. Trois assiettes de porcelaine grossière et un pot à lait ébréché étaient placés sur une table graisseuse, tailladée de coups de couteau ; contre les murs blanchis à la chaux, deux chaises de paille et un buffet de cuisine en bois blanc s'alignaient maigrement.

182 — Bigre, il fait froid ici ! … Le feu doit être éteint, — dit Frome en s'excusant.

183 The tall woman, who had moved away from us toward the dresser, took no notice; but the other, from her cushioned niche, answered complainingly, in a high thin voice. "It's on'y just been made up this very minute. Zeena fell asleep and slep' ever so long, and I thought I'd be frozen stiff before I could wake her up and get her to 'tend to it."

184 I knew then that it was she who had been speaking when we entered.

185 Her companion, who was just coming back to the table with the remains of a cold mince-pie in a battered pie-dish, set down her unappetising burden without appearing to hear the accusation brought against her.

186 Frome stood hesitatingly before her as she advanced; then he looked at me and said: "This is my wife, Mis' Frome." After another interval he added, turning toward the figure in the arm-chair: "And this is Miss Mattie Silver…"

****

187 Mrs. Hale, tender soul, had pictured me as lost in the Flats and buried under a snow-drift; and so lively was her satisfaction on seeing me safely restored to her the next morning that I felt my peril had caused me to advance several degrees in her favour.

183 La grande femme osseuse, qui s'était dirigée vers le buffet, ne fit aucune attention à ces paroles; mais l'autre, de son fauteuil, répartit d'une voix aiguë et dolente:

— Le feu vient seulement d'être arrangé à la minute... Zeena s'était endormie et elle a dormi si longtemps que j'ai bien failli geler avant de pouvoir la réveiller.

184 Je me rendis compte alors que c'était elle dont j'avais entendu la voix au moment où nous arrivions.

185 Sa compagne, qui rentrait avec une terrine fêlée contenant les restes d'un *mince pie* froid, posa sur la table ce plat peu appétissant sans avoir l'air d'entendre l'accusation portée contre elle.

186 Frome parut hésiter un moment, tendis qu'elle s'avançait; puis il me regarda et dit:

— Ma femme, Mrs. Frome.

Après un nouveau silence, il se tourna vers la malade blottie dans le fauteuil et ajouta:

— Miss Mattie Silver...

****

187 Mrs. Hale, âme sensible, me voyait déjà égaré sur la route des Flats et enseveli sous la neige. Sa satisfaction fut d'autant plus vive en me retrouvant sain et sauf le lendemain, et je vis que le danger que j'avais couru m'avait fort avancé dans ses bonnes grâces.

188 Great was her amazement, and that of old Mrs. Varnum, on learning that Ethan Frome's old horse had carried me to and from Corbury Junction through the worst blizzard of the winter; greater still their surprise when they heard that his master had taken me in for the night.
189 Beneath their wondering exclamations I felt a secret curiosity to know what impressions I had received from my night in the Frome household, and divined that the best way of breaking down their reserve was to let them try to penetrate mine. I therefore confined myself to saying, in a matter-of-fact tone, that I had been received with great kindness, and that Frome had made a bed for me in a room on the ground-floor which seemed in happier days to have been fitted up as a kind of writing-room or study.
190 "Well," Mrs. Hale mused, "in such a storm I suppose he felt he couldn't do less than take you in—but I guess it went hard with Ethan. I don't believe but what you're the only stranger has set foot in that house for over twenty years. He's that proud he don't even like his oldest friends to go there; and I don't know as any do, any more, except myself and the doctor..."
191 "You still go there, Mrs. Hale?" I ventured.
192 "I used to go a good deal after the accident, when I was first married; but after awhile I got to think it made 'em feel worse to see us. And then one thing and another came, and my own troubles... But I generally make out to drive over there round about New Year's, and once in the summer. Only I always try to pick a day when Ethan's off somewheres. It's bad enough to see the two women sitting there—but his face, when he looks round that bare place, just kills me... You see, I can look back and call it up in his mother's day, before their troubles."

188 Grand fut son étonnement, ainsi que celui de la vieille madame Varnum, quand elles apprirent que le cheval d'Ethan Frome m'avait conduit à la gare de Corbury et m'en avait ramené à travers la plus effroyable trombe de l'hiver. Leur surprise augmenta encore lorsque je leur racontai que Frome n'avait hébergé la nuit précédente.

189 A travers leurs exclamations je devinais un secret désir de connaître les impressions que j'avais recueillies sous le toit des Frome, et je compris que le meilleur moyen de forcer leur réserve était de maintenir la mienne. Je me bornai donc à leur dire que j'avis été reçu très aimablement, et que Frome n'avait dressé un lit dans une pièce du rez-de-chaussée, laquelle paraissait avoir servi, autrefois, de bureau ou de cabinet de travail.

190 — Évidemment, — reprit Mrs. Hale, — il se sera rendu compte que par un temps pareil il ne pouvait faire moins… Mais c'est égal, ça a dû lui coûter ! Vous êtes sans doute le seul étranger qui ait mis les pieds dans cette maison depuis vingt ans. Le pauvre homme est fier, et il ne veut plus y admettre même ses plus vieux amis. Je crois bien que le docteur et moi nous sommes les seuls à y être encore reçus…

191 — Vous y allez encore, Mrs. Hale ? — risquai-je.

192 — J'y allais souvent après l'accident, dans les premières années de mon mariage ; mais au bout de quelque temps j'eus l'impression que mes visites les rendaient plus malheureux. Puis les années passèrent, et j'eus moi-même des soucis… Cependant, j'y vais encore à l'approche du Nouvel An, et aussi une fois pendant l'été. Mais je tâche autant que possible de choisir un jour où Ethan est absent. C'est déjà assez pénible de voir les deux femmes assises l'une en face l'autre… mais sa figure à lui, quand il regarde sa maison délabrée, me fend l'âme ! … C'est que, voyez-vous, mes souvenirs remontent à l'époque où sa mère vivait encore, avant tous leurs chagrins…

193 Old Mrs. Varnum, by this time, had gone up to bed, and her daughter and I were sitting alone, after supper, in the austere seclusion of the horse-hair parlour. Mrs. Hale glanced at me tentatively, as though trying to see how much footing my conjectures gave her; and I guessed that if she had kept silence till now it was because she had been waiting, through all the years, for some one who should see what she alone had seen.

194 I waited to let her trust in me gather strength before I said: "Yes, it's pretty bad, seeing all three of them there together."

195 She drew her mild brows into a frown of pain. "It was just awful from the beginning. I was here in the house when they were carried up—they laid Mattie Silver in the room you're in. She and I were great friends, and she was to have been my bridesmaid in the spring… When she came to I went up to her and stayed all night. They gave her things to quiet her, and she didn't know much till to'rd morning, and then all of a sudden she woke up just like herself, and looked straight at me out of her big eyes, and said… Oh, I don't know why I'm telling you all this," Mrs. Hale broke off, crying.

193 Pendant ce temps la vieille Mrs. Varnum était allée se coucher. Sa fille et moi, nous restâmes à causer, après le souper, dans l'austère *parlour* aux chaises de crin noir.

Mrs. Hale me regardait de façon hésitante. Je m'imaginais qu'elle cherchait à deviner ce que j'avais su déchiffrer de cette histoire. Et je crus comprendre que si elle s'était tue si longtemps, c'était peut-être dans l'espoir qu'un jour quelqu'un verrait ce qu'elle avait été seule à voir.

194 J'attendis que sa confiance en moi se fût affermie, puis je dis :

— En effet, c'est bien pénible de les voir tous les trois ensemble dans cette maison...

195 Son front bienveillant se rembrunit, et elle fronça les sourcils.

— Cela a toujours été terrible. Je me trouvais ici même au moment où on les remonta tous les deux. On coucha Mattie dans la chambre que vous occupez maintenant. Nous étions de grandes amies, elle et moi. Je devais me marier le printemps suivant, et il était convenu qu'elle serait ma demoiselle d'honneur... Quand elle reprit connaissance, je montai auprès d'elle et passai toute la nuit à son chevet. On lui avait donné des narcotiques, et elle sommeilla jusqu'au matin. Puis, à ce moment, elle revint à elle tout d'un coup, et me fixant de ses grands yeux, elle me dit... Oh ! je ne sais pas pourquoi je vous raconte tout ceci, — s'écria Mrs. Hale, s'interrompant brusquement.

196 She took off her spectacles, wiped the moisture from them, and put them on again with an unsteady hand. "It got about the next day," she went on, "that Zeena Frome had sent Mattie off in a hurry because she had a hired girl coming, and the folks here could never rightly tell what she and Ethan were doing that night coasting, when they'd ought to have been on their way to the Flats to ketch the train… I never knew myself what Zeena thought—I don't to this day. Nobody knows Zeena's thoughts. Anyhow, when she heard o' the accident she came right in and stayed with Ethan over to the minister's, where they'd carried him. And as soon as the doctors said that Mattie could be moved, Zeena sent for her and took her back to the farm."

197 "And there she's been ever since?"

198 Mrs. Hale answered simply: "There was nowhere else for her to go;" and my heart tightened at the thought of the hard compulsions of the poor.

199 "Yes, there she's been," Mrs. Hale continued, "and Zeena's done for her, and done for Ethan, as good as she could. It was a miracle, considering how sick she was—but she seemed to be raised right up just when the call came to her. Not as she's ever given up doctoring, and she's had sick spells right along; but she's had the strength given her to care for those two for over twenty years, and before the accident came she thought she couldn't even care for herself."

200 Mrs. Hale paused a moment, and I remained silent, plunged in the vision of what her words evoked. "It's horrible for them all," I murmured.

201 "Yes: it's pretty bad. And they ain't any of 'em easy people either. Mattie was, before the accident; I never knew a sweeter nature. But she's suffered too much—that's what I always say when folks tell me how she's soured. And Zeena, she was always cranky. Not but what she bears with Mattie wonderful—I've seen that myself. But sometimes the two of

196 Elle enleva ses lunettes, essuya la buée des verres et les plaça sur son nez d'une main mal assurée…

— On sut le lendemain, — continua-t-elle, — que Zeena Frome avait renvoyé Mattie à l'improviste parce qu'elle avait engagé une servante… Les gens d'ici n'ont jamais bien compris comment il se faisait qu'Ethan et Mattie fussent en luge au moment où ils auraient dû être en route pour la gare des Flats. Moi-même je n'ai jamais su ce que Zeena en pensait : je ne le sais pas aujourd'hui. Personne ne connaît les pensées de Zeena… Quoi qu'il en soit, sitôt qu'elle apprit l'accident, elle accourut auprès de Frome, qu'on avait installé au presbytère. Et dès que les médecins l'autorisèrent à transporter Mattie, Zeena l'envoya chercher et la fit ramener à la ferme.

197 — Et depuis lors, Mattie Silver y est toujours restée ?

198 — Elle n'avait nulle part d'autre où aller, — répondit simplement Mrs. Hale.

Et mon cœur se serra en pensant aux dures nécessités qui pèsent sur les pauvres.

199 — Oui, depuis ce jour elle a toujours vécu avec eux, — continua Mrs. Hale, — et Zeena a fait ce qu'elle a pu pour elle et pour Ethan. Ce fut un vrai miracle, quand on pense combien elle était malade elle-même… mais lorsqu'on eut besoin d'elle, elle parut comme ressuscitée. Non pas qu'elle ait jamais cessé de se droguer ; même, elle a encore des crises de temps en temps. Cependant elle a trouvé la force de les soigner tous les deux depuis plus de vingt ans — elle qui, avant l'accident, se croyait incapable de se soigner elle-même.

200 Mrs. Hale s'interrompit un moment… Je restais silencieux, absorbé dans la vision que ces mots évoquaient.

— C'est épouvantable pour tous les trois, — murmurai-je.

201 — Oui, ce n'est pas gai… Ajoutez à cela qu'aucun d'eux n'est facile à vivre. Mattie l'était, avant l'accident : je n'ai jamais connu une plus douce nature. Mais elle a trop

them get going at each other, and then Ethan's face'd break your heart... When I see that, I think it's him that suffers most... anyhow it ain't Zeena, because she ain't got the time... It's a pity, though," Mrs. Hale ended, sighing, "that they're all shut up there'n that one kitchen. In the summer-time, on pleasant days, they move Mattie into the parlour, or out in the door-yard, and that makes it easier... but winters there's the fires to be thought of; and there ain't a dime to spare up at the Fromes.'"

202 Mrs. Hale drew a deep breath, as though her memory were eased of its long burden, and she had no more to say; but suddenly an impulse of complete avowal seized her.

203 She took off her spectacles again, leaned toward me across the bead-work table-cover, and went on with lowered voice: "There was one day, about a week after the accident, when they all thought Mattie couldn't live. Well, I say it's a pity she did. I said it right out to our minister once, and he was shocked at me. Only he wasn't with me that morning when she first came to... And I say, if she'd ha' died, Ethan might ha' lived; and the way they are now, I don't see's there's much difference between the Fromes up at the farm and the Fromes down in the graveyard; 'cept that down there they're all quiet, and the women have got to hold their tongues."

THE END

souffert… C'est ce que je réponds toujours quand on vient me raconter que son caractère s'est aigri. Quant à Zeena, elle a toujours été maniaque ; mais c'est étonnant comme elle supporte la mauvaise humeur de Mattie… Je l'ai vu de mes propres yeux. Cependant les deux femmes se chamaillent parfois, et alors le visage d'Ethan fait pitié… Dans ces moments-là, je crois bien que c'est lui qui souffre le plus… En tout cas, ce n'est pas Zeena ; elle n'en a pas le temps… C'est bien malheureux, — termina Mrs. Hale, — qu'ils soient tous trois renfermés dans cette cuisine. L'été, quand il fait beau, on roule Mattie dans le parlour, ou bien devant la porte de la maison, et les choses vont un peu mieux… Mais l'hiver, il y a le bois à économiser, car les Frome n'ont pas un centime de trop….

202 Mrs. Hale poussa un soupir de soulagement : elle semblait heureuse de s'être enfin déchargée de son secret. Je croyais qu'elle ne me dirait plus rien ; mais elle céda tout à coup à un accès de complète franchise. Enlevant ses lunettes de nouveau, elle se pencha vers moi par dessus le tapis de table en laine frangée, et poursuivit à mi-voix :

203 — Il y eut un moment, environ une semaine après l'accident, où l'on crut que Mattie ne vivrait pas. Eh bien ! je prétends, moi, que c'est grand dommage qu'elle ne soit pas morte. Je l'ai dit tout de go, un jour, à notre pasteur, qui en fut scandalisé. Seulement, voyez-vous, il n'était pas là le matin où elle revint à elle pour la première fois… Et je répète que si elle était morte, Ethan, lui, eût pu vivre ; tandis que maintenant je ne vois guère de différence entre les Frome de la ferme, et ceux qui sont couchés dans le cimetière… sauf que ces derniers sont en paix, et que leurs femmes ont appris à se taire…

FIN

www.ingramcontent.com/pod-product-compliance
Lightning Source LLC
Chambersburg PA
CBHW021620030826
48979CB00034B/494
* 9 7 8 1 9 4 7 9 6 1 9 8 2 *